Ernst-Ulrich Hahmann

# Unter der Knute Stalins

## Aus dem Leben eines Wolgadeutschen

BoD
Books on Demand

Bibliografische Information der Deutschen Nationalbibliothek.

Die Deutsche Nationalbibliothek verzeichnet diese Publikation in der Deutschen Nationalbibliografie: detaillierte bibliografische Daten sind im Internet über http://dmb.ddb.de abrufbar.



Umschlagentwurf und Layout: Ernst-Ulrich Hahmann


Herstellung und Verlag
BoD - Books on Demand, Norderstedt

ISBN 9 783743 162105

7,95 Euro

**Den Nachkommen**

Dominik Hollmann

Einst lebten wir im schönen Wolgalande.
Am Kar'man stand mein altes Vatershaus.
Da kam der Krieg. Mit Freunden und Verwandten
wir mußten nach Sibirien hinaus.

Hart war der Krieg, der Hunger und die Fröste.
Es mangelte gar oft am lieben Brot.
Doch schafften wir und mühten uns aufs Beste
und langsam überstanden wir die Not.

Jahrzehntelang verachtet und entrechtet,
aufs Schmählichste verleumdet und verkannt.
O denkt daran, ihr künftigen Geschlechter,
die ihr die Schmach der Väter nicht gekannt.

Ihr Jungen lebt in Wohlstand und Vergnügen,
zufrieden mit der Welt und eurem Aufenthalt.
Denkt ihr daran, wie viele Männer liegen
in Massengräbern dort im wilden Wald?

Kein Kreuz, kein Denkmal zeigt die Grabesstätte
und keine Tafel zählt die Namen auf
der Menschen, die vor Drangsal und vor Hunger
zu früh beendet ihren Lebenslauf.

Verfaßt Ende 60-ger Jahre
Veröffentlicht 1989

Durch die deutschstämmige Zarin Katharina II. kam es im 18. Jahrhundert verstärkt zu einer planmäßigen Ansiedlung von bäuerlichen Kolonisten in den neu eroberten und noch unerschlossenen Gebieten im Süden des russischen Reiches.

Bild 1: Zarin Katharina II

Da aber ca. 75 % der russischen Bauern als Leibeigene an ihren Herren gebunden waren, kamen für diese Aufgaben nur sogenannte „Staatsbauer“ oder aber ausländische Kolonisten infrage.

So folgten viele deutsche Einwanderer, die überwiegend aus Bayern, Baden, Isenburg in Hessen, der Pfalz und dem Rheinland kamen, 1763 bis 1767 der Einladung ihrer Landsmännin, der Zarin Katharina II., der Tochter des Fürsten August von Anhalt-Zerbst, in das Steppengebiet an der unteren Wolga.

Für eine sich ständig vermehrende ländliche Bevölkerung in Deutschland bot die Auswanderung die Möglichkeit, dem sozialen Abstieg oder dem Wechsel in eine andere Sozialschicht zu entgehen, denn nichterbberechtigte Bauernsöhne bzw. landarme Bauern konnten auf diese Weise zu einem eigenen Hof kommen. Städtische Schichten, wie Handwerker die in eine missliche Lage geraten waren, zogen das Angebot der russischen Zarin vor und verließen Deutschland.

Bild 2: Besonders Hessen wurde von den Folgeerscheinungen des Siebenjährigen Krieges (1756-1763) im starken Maße in Mitleidenschaft gezogen.

Die Auswanderung Tausender aus Deutschland lief vor dem Hintergrund, der konkreten politischen Wirrnissen jener Zeit ab, die der Siebenjährige Krieg als Folgeerscheinungen hinterlassen hatte. Ihnen kamen die Bestimmungen des Manifestes Katharinas II. gerade Recht, die die persönliche Freiheit, die Niederlassung an einem beliebigen Ort und den Genuss der Religionsfreiheit versprachen.

Die Überfahrt nach Russland erfolgte mit dem Schiff von Lübeck nach Kronstadt, der Festung im Finnischen Meerbusen vor St. Petersburg. Weiter ging es auf dem Land- oder Wasserweg.

Die Kolonistentrecks wurden unter die Führung von Offizieren und Wachmannschaften gestellt, die für die Ordnung auf dem Transport zu sorgen hatten.

Bild 3: Deutsche Ansiedlung an der Wolga.

Gegründete Ortschaften der deutschen Siedler in Russland erhielten zunächst keinen Namen, sondern bekamen Ordnungsnummern. Dazu erhielten die aus Petersburg abreisenden Kolonisten 1764/65 einen Lageplan und die entsprechende Nummer für ihr Grundstück. Die Bebauungspläne für die Kolonien wurden in Saratow erstellt. Voraussetzungen für die Bebauung waren das Vorhandensein von Flüssen oder Quellen für die Wasserversorgung.

So kamen von 1763 bis 1772 insgesamt 30.623 Personen nach Russland und siedelten überwiegend an der Wolga bei Saratow an. Sie gründeten zahlreiche Siedlungen unter anderem mit den Namen wie Katharinenstadt, Mühlberg, Rosenheim, Warenburg, Zürich und Philippsfeld. Über 100 Dörfer entstanden.

Die Anwerbung der Kolonisten erfolgte mit dem Hintergedanken, die Steppengebiete an der Wolga zu kultivieren und die Attacken der Reitervölker aus den Nachbargebieten einzudämmen.

Bild 4: Deutsche Aussiedler an der Wolga.

Die deutschen Siedler fanden im russischen Reich günstige Bedingungen vor, u. a. erhielten diese einen politischen

Sonderstatus, der das Recht auf Beibehaltung der deutschen Sprache als Verwaltungssprache, auf Selbstverwaltung sowie Befreiung vom Militärdienst umfasste. Die deutschen Ansiedler entwickelten in ihren Gebieten eine blühende Agrarwirtschaft mit Exporten in andere Regionen Russlands.

Es gab deutsche Schulen und Kirchen.

Die Deutschen in Russland galten als fleißig und waren wohlhabender als die Russen. Sie waren sich stets ihrer deutschen Herkunft bewusst und lebten die alten Gebräuche in der Ferne fort. Diese Tatsache brachte ihnen in Russland Neid und Hass ein.

Diese Selbstbestimmungsrechte wurden durch Zar Alexander II. eingeschränkt, der das neue Deutsche Reich von 1871 und die Wolgadeutschen als Bedrohung ansah, obwohl diese deutschen Erdenbürger zum Zeitpunkt der Auswanderung kein „deutsches Reich“ kannten. Dem Zaren waren die Privilegien der Deutschen auf seinem Territorium ein Dorn im Auge. Es setzte eine allgemeine staatliche Russifizierung und damit eine antideutsche Kampagne ein.

Obwohl die wolgadeutschen Männer die „freundliche Haltung“ zur russischen Armee bewiesen, indem etwa 50.000 den Mobilmachungsbefehlen des Zaren Folge leisteten und die Uniform anzogen, kam es im Ersten Weltkrieg zu offenen antideutschen Übergriffen gegen die Russland-Deutschen.

„Liquidationsgesetze“ der zaristischen Regierung zielten auf die Aufhebung des Landbesitzes, der Lebensgrundlage der Mehrheit der deutschen Kolonisten. Es wuchs die Gefahr, Opfer des staatlich organisierten großrussischen Nationalismus zu werden.

Kein Wunder, das verständlicherweise die deutschen Kolonisten an der Wolga auf die Kunde vom Sturz des Zarenregimes mit großer Erleichterung reagierten. Denn unter Lenin wandte sich das Blatt wieder zu ihren Gunsten. 1918 bildete die Sowjetregierung die „Autonome Arbeiterkommune“ der Wolgadeutschen und 1924 die „Autonome Sozialistische Sowjetrepublik der Wolgadeutschen“.

Die zum Wehrdienst eingezogenen Wolgadeutschen wurden von den russischen Soldaten und Offizieren als „noch minderwertiger als die niedrigsten Kulaken“ angesehen und entsprechend drangsaliert. Auch die Privilegien von Deutsch als Verwaltungssprache und die freie Religionsausübung wurden abgeschafft. Dies führte zu einer Auswanderung in die USA, Kanada sowie Süd Amerika. Weitere Einschränkungen und Repressalien erfolgten bereits kurz nach Gründung der Sowjetunion. Stalin, dessen Großmutter mütterlicherseits Wolgadeutsche war, nahm den Wolgadeutschen die gesamte Getreideernte und verkaufte diese in das Ausland. Tausende von Wolgadeutschen starben aufgrund der dadurch auftretenden Hungersnot. Die aussichtslose Lage und der drohende Hungertod trieben die Massen der verzweifelten deutschen Bauern in diesem Gebiet 1921 zu gewaltsamen Protestaktionen.

Durch das Einsetzen ausländischer Hilfe konnte die Lage etwas entspannt werden und das Leben Hunderttausenden vor dem Hungertod gerettet werden.

Ab dem Jahre 1920 wurde die „Autonome Sozialistische Sowjetrepublik der Wolgadeutschen“ benutzt, um die angebliche Toleranz der Sowjetmacht zu demonstrieren. Kulturelle und wirtschaftliche Bedingungen zur Weimarer Republik wurden sogar begünstigt.

Sicherlich lag in der Zarenzeit vieles im Argen. Manches war entsetzlich, das allermeiste nicht gut. Aber mit der Machtergreifung der Kommunisten sollte vieles noch schlimmer werden. Die sowjetische Führung mit Stalin an der Spitze schlug den Kurs einer radikalen Umgestaltung der sowjetischen Gesellschaft ein. Damit endete 1928 auch die Schönwetterperiode in der Wolgaregion. Es folgte die Eingliederung der Wolgarepublik in die Region „Untere Wolga“ und verlor damit ihren autonomen Status.

Die Bauern wurden durch Niedrigpreise und überhöhte Steuern zur Kollektivierung gezwungen. So verwandelte sich der selbstständige Bauer in einen besitzlosen Lohnarbeiter, der vollständig vom Staat abhängig war, sei es durch die Mitgliedschaft in einer Sowchose oder solch einer pseudogenossenschaftlichen Organisation wie die Kolchose.

In den Städten verschwand ebenfalls jegliche Spur einer selbstständigen Tätigkeit. Kleinunternehmer, Freiberufler, private Verleger u.ä.m. verschwanden von der Bildfläche.

Das Verhältnis zu den Deutschen in Russland sollte sich mit der Machtergreifung Hitlers im Jahre 1933 weiter verschärfen. Ein zuweilen verstecktes, aber immer häufiger offenes Mistrauen, dem der Verdacht zugrunde lag, die Wolgadeutschen könnten Kollaborateure der Faschisten sein entwickelte sich. Viele Einwohner der Republik unterlagen jetzt den Repressalien der sowjetischen Regierung und die Einschränkungen des Deutschtums kennzeichneten den Tagesablauf. Sie gerieten in die Mühlen der Gesetzlosigkeit und Repressalien des menschenverachtenden stalinistischen administrativen Kommandosystems. Alle Deutschen in der Sowjetunion wurden 1934 zum „inneren Feind“ erklärt und von der Öffentlichkeit unbemerkt in Listen erfasst. Die Grundlage bildete hierfür, der bereist 1937, zu Beginn der stalinistischen Säuberung verabschiedeten Befehl Nr. 00349 durch Jeschow, dem Chef des Inlandsgeheimdienstes NKWD.

Nach der Unterzeichnung des deutsch-sowjetischen Grenz- und Freundschaftsvertrages im September 1939 schien es zu einer mindestens scheinbaren Wende zu kommen. Die äußerst geringe Autonomie wurde nicht weiter eingeschränkt und für das Jahr 1940 war angeblich ein Besuch Hitlers geplant. Der Besuch kam nie zustande, aber die für den Besuch bereits genähten Hakenkreuzfahnen sollten für die Bolschewiken ihren Zweck noch erfüllen.

Viele Deutsche wollten zu dieser Zeit, das politische Klima zur Rückwanderung nach Deutschland nutzen. Für die kommunistischen Behörden in der Sowjetunion war die Rückwanderer Bewegung jedoch ein Dorn in den Augen: Die Remigranten konnten zu viel über die Lebensbedingungen im „ersten sozialistischen Staat" berichten und das war nicht nur Positives.

Die Wolgadeutsche Republik hatte etwa 600.000 Einwohner, wovon etwa zwei Drittel deutscher Abstammung waren. Nach dem Überfall des „Dritten Reiches" auf die Sowjetunion im Zweiten Weltkrieg wurden die etwa 400.000 verbliebenen Wolgadeutschen der kollektiven Kollaboration beschuldigt.

Obwohl die deutsche Bevölkerung Russlands durch zahlreiche Maßnahmen die Loyalität der Deutschen zur UdSSR bezeugte, wurden diese der Verbindung zum nationalsozialistischen System verdächtigt. Und nicht nur dass, vor dem Beginn der geplanten Deportation organisierte der NKWD einige Provokationen. In SS-Uniformen gekleidete sowjetische Truppen landeten an Fallschirmen per Luftlandung, die die Rolle einer deutschen Vorhut vorspielen sollten. Etliche Dörfer wurden vernichtet und dabei, die für den Fall des Hitler Besuches durch die Behörden verteilten Hakenkreuzfahnen gefunden. Alle Bewohner der Häuser, wo man die Fahnen fand, wurden umgebracht.

Zwei Monate nach dem Überfall der deutschen Wehrmacht auf die Sowjetunion ordnete das Präsidium des Obersten Sowjets der UdSSR den Erlass „Über die Umsiedlung der Deutschen, die in den Wolgarayons wohnen" an.

Die Kampf- und Sondereinheiten der Armee und des NKWD, die auf die Orte der Wolgarepublik aufgeteilt wurden, taten ab dem 30. August 1941 das übrige. Es folgte die

Beschlagnahmung der Wohnhäuser, die Konfiszierung des Viehs und des Inventars. Die Bevölkerung wurde unter Mitnahme von geringen Lebensmittel- und Kleidungsvorräten an Bahnhöfen und Schiffsanlegestellen gesammelt und anschließend nach Innerasien in Sondergebiete vertrieben. Kurz nach der Vertreibung erfolgte die Umwandlung der deutschen Ortsnamen, außer Engels und Marks, in zu meist erfundene russische Namen und die Aufteilung der Wolgarepublik zwischen den Gebieten Saratow und Stalingrad.

Bild 5: Besonders zu leiden hatten die Deutschen unter Stalins Sowjetdiktatur.

Gleichzeitig mit den etwa 450.000 Wolgadeutschen wurden etwa 80.000 Deutsche aus anderen Gebieten des europäischen Teils sowie rund 25.000 aus Georgien und Aserbaidschan unter menschenunwürdigen Bedingungen nach Sibirien und Mittelasien deportiert. Dort in Arbeitslager gezwungen, starben Tausende.

Die Verschleppung erfolgte in Viehwaggons oder auf Schiffen, manchmal sogar in Trecks.

Bis Ende 1941 wurden nach amtlichen Unterlagen 799.459 Personen mit 344 Zügen deportiert. In den Jahren 1942 bis 1944 folgten diesen weitere etwa 50.000 Deutsche aus Leningrad und aus kleinen Siedlungsgebieten.

Die Deutschen in der Sowjetunion mussten für die Sünden büßen, die die Reichsdeutschen begangen hatten.

Die „Autonome Sozialistische Sowjetrepublik der Wolgadeutschen", die seit dem 19. Oktober 1918 bestand, beidseitig an der unteren Wolga, ca. 150 bis 300 km nördlich dem früheren Zarizyn (später Stalingrad heut Wolgograd genannt) lag, hatte am 28. August 1941 aufgehört zu existieren.

Bild 6: Hunderttausende Russland-Deutsche wurden ermordet, deportiert oder in Lager (Gulags) gesteckt, wo diese als Sklaven arbeiten mussten.

Die Deportierten unterstanden in den Verbannungsorten der Aufsicht von Kommandanten des Innenkommissariats.

Die Umgesiedelten durften ihre Aufenthaltsorte ohne Sondergenehmigung nicht verlassen und mussten sich regelmäßig beim zuständigen Kommandanten melden. Andererseits kam der Staat keiner einzigen Verpflichtung nach, die in den Direktiven über die Deportation standen.

Die arbeitsfähige deutsche männliche Bevölkerung wurde aus den Verbannungsorten ab Oktober 1941 durch die Kreiswehrersatzämter beim Bau von Industrieanlagen, Bahnlinien, Straßen und Kanälen sowie im Bergbau eingesetzt. Allein zum Bau eines Rüstungsbetriebes in Solikamsk kamen 12.000 Deutsche zum Einsatz. Ab 1942 befanden sich auch kinderlose Frauen und später auch Frauen, die keine Säuglinge hatten unter den Einsatzkräften. Rund 300.000 Russlanddeutsche starben damals an Hunger, Kälte und Schwerstarbeit.

Die Verbannung nicht nur der Wolgadeutschen, sondern aller Deutsch-Russen dauerte auch noch nach dem Krieg an und wurde 1948 gesetzlich auf Dauer festgeschrieben. Barackenartige Unterkünfte und menschunwürdige Zustände blieben bestehen. Die arbeitsfähige männliche Bevölkerung, Männer zwischen 15 und 60 Jahren kamen in die „Trudarmee“.

Erst 1964 wurden die Wolgadeutschen offiziell vom Vorwurf der Kollaboration mit dem nationalsozialistischen Deutschland befreit, dennoch war diesen jedoch nicht gestattet, in ihre früheren Heimatgebiete zurückzukehren, und sie mussten auf ihr dort zurückgelassenes Vermögen ausdrücklich verzichten. Die Forderung der Wolgadeutschen nach der Wiederherstellung ihrer autonomen Republik legte man als Nationalismus aus, dennoch erhielten sie ihre Bürgerrechte zurück.

Die Veröffentlichung des Wortlautes des Dekrets über die Teilrehabilitierung vom 29. August 1964 erfolgte erst auf Verlangen einer Delegation der Russlanddeutschen.

Ab 1972 konnten formal gesehen Wolgadeutsche in ihre angestammten Siedlungsgebiete zurückkehren.

Seit den 1980er Jahren drängten die Russlanddeutschen auf Wiederherstellung ihrer Autonomen Republik. Die Bundesregierung Deutschland befürwortete 1992 die Wiederansiedlung an der Wolga, die russische Regierung signalisierte zeitweilig Einverständnis. Das Projekt scheiterte jedoch am massiven Widerstand der ortsansässigen nichtdeutschen Bevölkerung.

Bereits seit den 1970er Jahren ermöglichte die Bundesrepublik Deutschland den Russlanddeutschen die Ausreise in die BRD. Allerdings wurden erniedrigende Kriterien für die Einreise dieser Wolgadeutschen, die aufgrund des Verbotes in der Sowjetunion Deutsch zu sprechen, nicht mehr der deutschen Sprache 100 Prozent mächtig waren, angewandt.

Mit der Gestattung der offiziellen Ausreise durch Michael Gorbatschow 1986 nahm die Ausreisebereitschaft der Russlanddeutschen massenhafte Ausmaße an und wurde in Deutschland durch die Einführung einer Obergrenze von maximal 100.000 Menschen pro Jahr geregelt.

Erst nachdem der Oberste Sowjet 1989 der Schlussfolgerung zustimmt, dass die Wiederherstellung der Autonomie der Deutschen erforderlich sei, zogen wieder Russlanddeutsche in die Wolgaregion.

Es hatte einst nur wenige Tage bedurft, um ein ganzes Volk auszusiedeln, aber über 50 Jahre reichten offenbar nicht aus, um die historische Gerechtigkeit der Wolgadeutschen wiederherzustellen.

Von 1990 bis 2000 kamen mehr als zwei Millionen Russlanddeutsche und deren Angehörige nach Deutschland, seit 1995 allerdings mit stark sinkender Tendenz. In Russland waren sie die Hitler Faschisten, in Deutschland anfänglich bei vielen leider nicht willkommene Russen.

Heute leben in der Bundesrepublik ca. 2,5 Millionen Bürger, die als Aussiedler, Spätaussiedler oder deren Angehörige aus den Staaten der ehemaligen Sowjetunion zugewandert sind. Für viele, dieser vom Schicksal gebeutelten Menschen hat sich der Traum nach Akzeptanz und einem besseren Leben auch in Deutschland nicht verwirklicht.

**Die Namen, außer die Namen von historischen Persönlichkeiten wurden im vorliegenden Buch aus datenrechtlichen Gründen und zum Schutz der handelnden Personen geändert.**

Dem Saratow Gebiet war, in dem zentralisierten Sowjetstaat nur noch wenig Autonomie geblieben. Nachdem die Wolgadeutschen auf zehn Jahre Sowjetautonomie zurückblickten und das Erreichte sich sehen lassen konnte, wenn man an den Ausgangspunkt dachte, fiel die Landwirtschaft jetzt der Kollektivierung zum Opfer. Ab 1929 durften die deutschen Bauern ihre Ländereien und Vieh nur noch innerhalb der Kolchosen bewirtschaften. Wer nicht freiwillig der staatlich bestimmten Kollektivierung folgte oder sich dieser gar wiedersetzte, den zwang man einfach durch Niedrigpreise und überhöhte Steuern dazu. Gleichzeitig wurde der staatliche Atheismus ausgerufen, der viele deutsche Religionsgemeinschaften ausmerzte.

Bild 7: Blick auf Saratow. Im Hintergrund fließt die Wolga.

In diese Zeit hinein wurde 1931, nennen wir ihn Oskar oder Anatoli Wagner in Krasnyj Kut bei Saratow geboren. Sein Vater war ein Wagner und seine Mutter eine geborene Baumbach, beide ehemalige Deutsche.

Als Oskar sich mit einem ersten lauten Schrei auf dieser von politischen Wirren gebeutelten Erdenkugel zu Wort meldete, war seine Schwester gerade zwei Jahre alt. Hoch stand die Sonne am wolkenlosen Himmel über der unendlichen Weite der Wolgasteppe, als der Knabe das Licht der Welt erblickte.

Krasnyj Kut eine Ortschaft in der 40 Prozent Russen und 60 Prozent Deutsche wohnten lag etwa 120 km südöstlich der Oblasthauptstadt Saratow am Jerusalem einem linken Nebenfluss der Wolga. An der Stadt, dass das Verwaltungszentrum des gleichnamigen Rayons war, führte die Eisenbahnstrecke Saratow - Astrachan vorbei. Stationiert war in Krasnyj Kut ein Kavallerieregiment, in deren Gebäuden später die Ausbildung der Soldaten der Sowjetarmee an den MG's des Typs Maxim erfolgte.

Die wuchtige Lafette des MG's besaß Stahlräder und einen abnehmbaren Schutzschild, der allein schon 8 kg wog. In voller Ausrüstung brachte das MG damit 66 kg auf die Waage. Zum anderen wurden die Maschinengewehre auch auf Pferdegespannen angebracht. Als Fliegerabwehrwaffen wurden jeweils vier MG in einem Rohrgestell gebündelt und auf Pritschen von Lastkraftwagen montiert.

Im Ort gab es deutsche und russische Schulen, in denen die Schüler das Lesen, das Schreiben und das Rechnen beigebracht bekamen. Sie gehörten zu den 370 deutschen Grundschulen und 20 höheren Schulen, wo gleichfalls in deutscher Sprache unterrichtet wurde.

Das Modell für diese Schulen in allen deutschen Kolonien an der Wolga bildete das 1924 in Marxstadt umbenannte Knabengymnasium zur Musterschule.

Es war jedoch verpönt, sich außerhalb der vertrauten Umgebung auf Deutsch zu unterhalten.

Am gegenüberliegenden Ufer des Flusses an dem Krasnyj Kut lag befand sich das Dorf Norki. In diesem Dorf wohnten nur Deutsche.

Die Jahre 1932/1933 waren die Jahre der zweiten sowjetischen Missernte, als Folge von Zwangskollektivierung und Enteignung. Ungezählte Deutsche an der Wolga und in der Ukraine starben einen fürchterlichen Hungertod.

Die Familie Wagner schlug sich in dieser Zeit recht und schlecht durchs Leben, hatten kaum das Notwendigste um den täglichen Hunger stillen zu können. Oft legte sich der Junge abends mit knurrenden Magen zum Schlafen ins Bett.

Der Knabe bekam ein Brüderchen.

Als Oskar gerade Mal in die erste Klasse ging, starb sein Vater mit 38 Jahren an einem Herzklappenfehler.

Die Mutter, Jahrgang 1914, allein auf sich gestellt war nun verantwortlich für die Ernährung und die Erziehung der drei Kinder. Obwohl die arme Frau an einer Frauenkrankheit litt und damit arbeitsunfähig war, bemühte sie sich redlich den Kindern an nichts fehlen zu lassen.

Und das war nicht immer einfach.

Angst hatten die Wolgadeutschen damals nicht vor den Russen, denn diese waren ja ihre Freunde.

Die Angst kam allerdings dann in der stalinistischen Zeit der großen Säuberung auf, aber nicht nur unter den Wolgadeutschen, sondern unter dem ganzen sowjetischen Volk.

Mit der Machtergreifung Hitlers 1933 nahm die Skepsis gegenüber den Russlanddeutschen erneut zu. Selbst der Freundschaftsvertrag zwischen Nazideutschland und der Sowjetunion änderte nichts an diese Lage.

Das Misstrauen blieb, obwohl überhaupt kein Grund für die Wolgadeutschen vorlag.

Ohne vorherige Kriegserklärung überfiel am 22. Juni 1941 Hitlerdeutschland die Sowjetunion. Ab den Morgenstunden dieses Sonntags, wo die deutschen Panzerverbände, bei völliger Luftherrschaft bis 60 Kilometer auf das sowjetische Territorium vorstießen, sollte sich die Lage der Wolgadeutschen weiter rapide ändern.

Ab sofort mussten jeden Abend in den Häusern die Lichter gelöscht werden, die Straßenbeleuchtung wurde ausgeschaltet und das Gerücht einer Zwangsumsiedlung machte die Runde, dass jedoch keiner rechten Glauben schenken wollte.

Die Verlegung des Kavallerieregimentes an einen anderen Standort erfolgte, dafür zogen die Luftstreitkräfte in die Kaserne ein.

Oskars Interesse weckte die Luftlandeübung eines Fallschirmjägerregimentes über Krasnyj Kut. Mit staunenden Augen verfolgte der Junge, wie eines Tages am Horizont kleine schwarze Pünktchen auftauchten, die schnell größer und größer wurden. Mit anschwellendem Motorengedröhn brausten die Flugzeuge heran. Als die im Sonnenlicht blitzenden Maschinen sich über Krasnyj Kut befanden, lösten sich aus den Fliegern, schwarze Pünktchen, aufgereiht wie auf einer Perlenkette. Dunklen Pilzen gleich hingen diese in der Luft und schwebten langsam der Erde entgegen. Oskar konnte bereits erkennen, dass unter jedem Fallschirm ein Mensch hing, der am Schirm leicht hin und her pendelte. Es waren Luftlandesoldaten in Tarnanzügen und mit Maschinenpistolen bewaffnet.

Nicht nur Oskar, sondern alle Jungens des Ortes freuten sich, wenn die Fallschirmjäger im strammen Gleichschritt vorbeimarschierten, mit einem beschwingten Marschlied auf dem Lippen. Fröhlich sprangen die Kinder neben der marschierenden Kolonne her und machten es den Soldaten nach.

Bild 8: Lesebuch in deutscher Sprache für die Kinder der Wolgadeutschen. Vor dem Zweiten Weltkrieg sind allein in Engel über 3 Millionen Bände herausgebracht worden.

Mit der Einschulung in die 1. Klasse lernte Oskar die deutsche und die russische Sprache zu sprechen, zu lesen und zu schreiben. Ab der 2. Klasse besuchte er dann die deutsche Schule in Rosenbach. Dorfschullehrer bildeten hier die Kinder in ihrer Muttersprache aus.

Sorglos spielte der Knabe mit den anderen Jungen des Ortes, ob es russische oder deutsche waren, das war egal. Sie verstanden sich alle in der Unbekümmertheit ihrer Kindheit.

Dies sollte sich jedoch bald ändern.

Es war Ende August 1941, als das Gerücht der Aussiedlung für die Wolgadeutschen zur bitteren Wahrheit werden sollte. Der Befehl wurde ausgegeben: Alle Deutschen haben sich zur Aussiedlung fertigzumachen!

Nur wohin es gehen sollte, erfuhr keiner.

24 Stunden Zeit wurden ihnen gegeben, um die notwendigste Habe zu packen.

Was wurde in der Fremde gebraucht, was sollte man mitnehmen? Keiner wusste es so richtig und Transportmöglichkeiten gab es nicht.

Ein alter Holzkasten voller Sachen, der Lammfellmantel des Vaters und trockenes Brot für die Wegzehrung wurden bereitgestellt. Alles andere musste die Familie Wagner zurücklassen.

So und ähnlich erging es allen Wolgadeutschen.

Die prächtig herangereifte Ernte blieb auf dem Halm, denn schon vor dem 28. August war den deutschen Kolonisten das Verlassen der Dörfer untersagt worden.

Noch keine 24 Stunden waren verstrichen, da wurden die öffentlichen Einrichtungen von NKWD-Leuten umstellt und in jede Wohnung eines Deutschen stürmten zwei Soldaten. Dort wo die Türen verschlossen waren, wurden diese einfach eingetreten und alles, was zurückblieb, zerschlagen.

Manch Wolgadeutscher, der nicht schnell genug den Anweisungen der sowjetischen Schergen folgte, wandte sich mit brutalen Kolbenhieben blau geschlagen und im eigenen Blute im Staub der Straße.

Die Aktion war gut vorbereitet, die Fäden hielt der Volkskommissar des Inneren der UdSSR Berija selbst in den Händen, denn sie war auch seine Idee, entstanden während seines Besuches in der Wolgarepublik im Juli.

Ängstlich saß Mutter Wagner am 3. September 1941 mit den Kindern in der armseligen Hütte und schauten zum Fenster hinaus. Der Blick verlor sich in der Graslandschaft, die am Horizont nicht enden wollte.

Erschrocken zuckte die arme Frau zusammen, als die mit Tarnanstrich versehenen Militärfahrzeuge mit quietschenden Bremsen auf der Straße hielten.

Staub wirbelte auf.

Junge Soldaten sprangen von den Ladeflächen der Autos, eilten im Laufschritt zu den einzelnen Häusern und drangen mit Gewalt ein.

Bei Wagners ging klirrend der große Spiegel in Scherben. Den Jungen einfach zur Seite stoßend zertrümmerten die Soldaten mit Kolben ihrer Waffen alle Möbelstücke, selbst die Fensterscheiben blieben nicht heil.

Wie ein Häufchen Unglück saß Oskar in der Ecke des Zimmers und verfolgte mit ängstlich blickenden Augen die sinnlose Zerstörungswut des eingesetzten Militärs.

Hals über Kopf mussten die Bewohner Haus und Hof verlassen. Und wer nicht freiwillig ging, wurde brutal aus dem Haus geprügelt. Ein Mann aus dem Nachbarhaus lag blutüberströmt im Staub der Straße, umsorgt von seinen Angehörigen.

Die russischen Soldaten hausten wie die Berserker. Es hätte nur noch gefehlt, dass diese die Häuser in Brand steckten.

Und schon erschallten die Kommandos: „Antreten! Alles antreten!“

Wie eine Herde aufgeschreckter Schafe wurden die leidgeplagten Menschen zusammengetrieben.

„Wollt ihr euch wohl beeilen! Ihr sollt antreten!“ ertönte es immer wieder.

Recht und schlecht stand endlich die Marschkolonne. Ein Haufen unglücklicher Menschen bepackt mit ihren letzten notwendigen Habseligkeiten.

Dann wurden die mitleiderregenden Menschen, ob groß oder klein, alt oder jung auf der staubigen Landstraße, zum nahen Anschlussgleis der Eisenbahnlinie getrieben.

„Vorwärts!“

„Wollt ihr euch wohl bewegen!“

„Wir haben nicht den ganzen Tag Zeit!“

Unbarmherzig heiß brannte die Sonne vom stahlblauen Himmel herab auf die wie ein Wurm auf der Landstraße hinziehende Kolonne. Staub wirbelte unter den Füßen der Vorwärtsgetriebenen empor, der als dunstige Fahne hinter der Kolonne herzog.

Die Mutter hielt Oskar krampfhaft an der Hand fest, dass ihr der Junge, in dem ganzen Durcheinander und der Hektik nur nicht verloren ging.

Und immer wieder das Gebrüll der Begleitposten: „Vorwärts! Wir sind nicht auf einem Sonntagsspaziergang!“

An der nächsten Bahnstation angekommen, stand hier auf dem Abstellgleis ein langer Zug, bestehend aus zahlreichen Viehwaggons.

Und jetzt ging das Gebrüll erst richtig los. Die mitleiderregenden Menschen wurden unbarmherzig in die Waggons hineingepfercht. Und dort wo es den Bewachern nicht schnell genug ging, wurde wieder und wieder mit Kolbenhieben brutal nachgeholfen. Rasselnd schlossen sich die Türen und dann setzte sich auch schon der Zug langsam in Bewegung. Immer schneller werdend ratterten die eisernen Räder über den stählernen Schienenstrang.

Die Fahrt ins Ungewisse hatte begonnen, denn noch immer wusste keiner, wohin es gehen würde.

Bild 9: In solchen Eisenbahnwaggons erfolgte die Deportation eines großen Teils der Wolgadeutschen nach Sibirien.

Auf jedem Waggon befanden sich Soldaten in den Bremserhäuschen. Ihr Auftrag bestand darin, als Posten, wenn notwendig mit Waffengewalt, die Wolgadeutschen an einer Flucht zu hindern.

Den Luxus einer Toilette gab es im ganzen Zug nicht, und jedes Mal wenn die lange Wagenreihe auf offener Strecke hielt, verließen Zahlreiche die Waggons, um dringend ihre Notdurft zu verrichten.

Dies behagte den Begleitposten überhaupt nicht. Kaum hatten einige Evakuierte die Wagen verlassen um sich nur schnell zu erleichtern, da erklang auch schon das Gebrüll der den Zug begleitenden Soldaten: „Dawai ..., dawai ...! Einsteigen ...!“

Wer nicht sofort reagierte, musste mit Prügeln von den abgesessenen Wachsoldaten rechnen und manch einer bekam sie zu spüren.

Der Zug durchquerte das riesige Schwarzerdegebiet der Wolga, das hin und wieder abgelöst wurde durch kastanienbraunen Boden mit nachlassenden Pflanzenwuchs.

Hier und dort huschten verstreute Waldinseln vorbei, fast ausschließlich aus Birken und Eichen bestehend.

Für die Schönheit des russischen Landes hatten, die in den Viehwaggons eingepferchten keinen Blick. Je länger die Fahrt dauerte, desto schlimmer wurde der Hunger. Die letzten mitgenommenen Verpflegungsvorräte waren längst aufgebraucht. Und zusätzliche Verpflegung gab es bei dem eingelegten Halt nicht.

Besonders schwer litten unter diesen katastrophalen Umständen die Gebrechlichen, die Alten und die Kinder.

Jammern und Schluchzen, aber auch Fluchen und Schimpfen.

Die Eisenbahnlinie führte durch kräuterbewachsene Grassteppen. In der Ferne glitten lange gezogene Waldstreifen vorbei. Entlang der Flüsse hielten diese im Sommer die trocken heiße Winde des Südostens ab und brachen im Winter die Gewalt der Nordwinde.

Wie ein lang gezogener Wurm wand sich der Zug durch das landschaftlich reizvolle Waldgebiet des Uralgebirges. Mit seinen Wäldern, bestehend aus Nadelhölzern, durchsetzt mit Eichen, Linden, Ulmen und Ahorn setzte es sich scharf von der baumlosen Steppe ab.

Hunger, Durst und Durchfall forderten im Verein mit Luftmangel in den geschlossenen Waggons, die ersten Todesopfer. Bei dem nächsten Halt wurden dann, die abgemagerten Leichnamen einfach neben der Bahnlinie verpuddelt.

Kündigte ein Ruck die Fortsetzung der Reise an, bedeute es für die Evakuierten eine weitere Nacht ohne Hoffnung, nur Verzweiflung.

„Wo bringen die uns nur hin?“ wurde immer und immer wieder die Frage gestellt.

„Was wird aus uns werden?“

Keiner wusste die Antwort.

Bei der Fahrt über den Ural ratterten die Räder des Zuges auf den eisernen Schienen und schnaufte die Lokomotive wie ein paar alte Männer, denen die Puste auszugehen schien. Mit dem Hereinbrechen der Dunkelheit schienen die waldigen Hänge rechts und links der Bahnlinie steiler in die Höhe zu schießen. Hoch oben in dem Himmelsauschnitt leuchteten die blinkenden Sterne.

Bild 10: Kräuterbewachsene Grassteppen, lang gezogene Waldstreifen, kleine und große Flüsse prägen das Landschaftsbild.

Und wenn es wieder hell wurde, gaben gelegentlich die Nadelbäume und Birken den Blick frei auf verschlafene Dörfer und Kleinstädte, die an veralgten Teichen lagen.

Tage vergingen und die Räder des Zuges ratterten immer noch eintönig über den Schienenstrang auf sommerlichen mit blumengeschmückten Bahndämmen. Immer seltener wurde ein Halt eingelegt und so waren die Deportierten gezwungen in den Waggons die Notdurft zu verrichten. Kein Wunder, das die Luft in den Viehwaggons kaum noch zum Atmen war, und dann war da auch noch der Hunger, der in den Eingeweiden zwickte und kniff. Durstige tranken in ihrer Qual nicht nur verschmutztes Wasser, sondern ihren eigenen Urin.

Trockener, hochwüchsiger Wald, in den Niederungen, von ausgedehnten Sümpfen durchsetzt, glitt vorbei. Langsam lichtete sich das dichte Waldkleid der Taiga und wurde durch eine trockene Waldsteppe abgelöst.

Endlich wieder mal ein Halt. Wie auf Kommando stürzten die Menschen aus den Waggons, die einen um ihre Notdurft zu verrichten, die anderen um mal wieder frische Luft atmen zu können. Wie immer gefiel das den Begleitposten nicht und sofort begann das bekannte Gebrüll: „Dawai ..., dawai ...! Einsteigen ...!"

Und die, die der Anweisung nicht sofort folgten, wurden auch diesmal mit brutalen Kolbenschlägen auf die Rippen, selbst die Köpfe blieben dabei nicht verschont in die Waggons zurückgetrieben. Und dies ging nicht ohne Blessuren am Schädel und blau geschlagenen Körperteile ab.

Während der Halts beobachtete immer einer der Posten auf den Waggons das hektische Treiben. Bereit mit der durchgeladenen Waffe im Anschlag jeden Fluchtversuch im Keime zu ersticken. Der Tod eines Flüchtlings wurde dabei billigend in Kauf genommen.

Der lange Pfiff der Lokomotive kündigte die Weiterfahrt des Zuges an. Jetzt blieb nicht mehr viel Zeit, um in die

Waggons einzusteigen. Die Posten achteten schon darauf, dass keiner zurückblieb. Als letzte sprangen diese auf den sich langsam in Bewegung setzenden Transportzug auf.

Schneller und schneller werdend rollten die Räder über den eisernen Schienenstrang.

Nach einem weiteren Tag Fahrt lag vor ihnen der Ob, der aus dem Gebirgszentrum des Altai mächtige Wassermassen mit sich brachte, die viele kleine Inseln umspülten. Sehr reizvolle Flusslandschaften des Ob luden zum Fischen und Baden ein. Sanddornbeeren konnte man hier gleich kiloweise pflücken.

Das Altaigebirge eines der eigenartigsten Gebiete ganz Sibiriens bildet durch seine Lage das Verbindungsglied zwischen den kalten sibirischen Raum und dem trockenen zentral-asiatischen Binnengebiet.

Hier am Fuße dieses Gebirges, bedeckt durch herrliche Wälder, bestehend aus Fichten und Zedern des dunklen westsibirischen Typs aber auch schon solche, die bereits der Lärchentaiga angehörten, schien die bereits eine Woche dauernde qualvolle Fahrt ihr Ende finden zu wollen.

Der Zug hielt in einem kleinen Ort, der sich irgendwo im Altaiskij Kraj, in einer Region im südlichen Sibirien, befand. Ein Gebiet westlich der Ausläufer des Altaigebirges, das in das Westsibirische Tiefland übergeht.

Und wieder ging das Geschrei der Posten los, nur dies Mal hieß es nicht: „Dawai …! Dawai …! Einsteigen …!"

„Dawai …! Dawai …! Raus aus den Waggons …! Hier ist Endstation!"

Kaum hatte der Letzte den Eisenbahnwaggon verlassen, setzte sich der Zug auch schon wieder in Bewegung und verschwand immer kleiner werdend in der Ferne.

Hier standen sie nun die Frauen, die Kinder mit Sack und Pack.

Bild 11: Umsiedlung der Wolgadeutschen aus ihrer Heimat nach Sibirien und Kasachstan (1941).

Was hieß hier mit Sack und Pack? In der Regel hatte der größte Teil von ihnen keine Habe mehr bei sich, und wer sollte ihnen in der neuen Heimat etwas Schenken?

Eine ganz beschissene Lage!

Von hier aus war nun jeder auf sich selbst gestellt. Er musste sehen, wie er sein *Neues* zu Hause erreichen konnte.

Innerhalb von zehn Tagen wurden rund 450.000 Wolgadeutsche in die Ostregionen der UdSSR verschleppt. Auf die Männer konnten die Frauen sich nicht verlassen, die mussten in Zwangsarbeiterlagern unter den härtesten Bedingungen sich plagen. Nur wenige von denen kehrten später zu ihren Familien zurück.

Oskar stand mit seiner Mutter, seinen Geschwistern und ohne Gepäck verlassen unter den vielen Menschen, auf dem Bahnsteig der Haltestelle. Weit und breit keine Ortschaft nur ein paar baufällige Bahnhofsgebäude.

Und erst die Landschaft. Grüne Waldsteppe ging in reine goldgelbe Steppe über in denen der Altai sich wie eine Insel im Meer erhob.

Die Menschen, die jetzt eines Teils froh waren, dass die entsetzliche Fahrt endlich zu Ende war, wussten andererseits nicht, wie es weiter gehen sollte. Sie waren sich selbst überlassen.

Wagners neues Zuhause, ein altes leer stehendes Haus, mit kleinen Fenstern, sollte sich in einem 60 bis 65 Kilometer entfernten Ort befinden. Ein langer Weg, den man noch zurücklegen musste.

Aber wie dahin kommen?

Stunden vergingen.

Da rollten Lkws auf die Bahnstation zu, was hieß hier Bahnstation. Es war nur eine Haltestelle, wo auf dem Abstellgleis zahlreiche Güterwaggons standen.

Die Lkws rollten neben die Waggons und luden Weizen um, den sie in die weit entfernt liegenden Ortschaften des Landes brachten.

Wie es der Zufall wollte, fuhr einer der Fahrer dorthin, wo auch die Wagners hin mussten. Und das Gute daran war, er nahm die Familie mit.

Auf der Ladefläche sitzend ging es über staubige Landstraßen, entlang ausgetrockneter breiter zerfurchter Schlammpisten, durch Ortschaften mit einsturzgefährdeten Holzhäusern und ungepflegten Gärten.

Durchgeschüttelt und durchgerüttelt, über und über mit Staub bedeckt lag nach einer nicht enden wollenden Fahrt ein kleines Dörfchen vor ihnen. Der Haufen weit verstreuter Katen sah aus, als wäre er irgendwie auf die Steppe gepurzelt. Einige waren eingestürzt oder vollkommen vom Pflanzenwuchs überwuchert. Andere waren zwar verwittert, aber recht hübsch mit ihren blau und grün gestrichenen Dachkanten und Fensterläden anzuschauen.

Eintönig das Erscheinungsbild der Siedlung. Es gab keine herausragenden Gebäude, keine Kirche und keinen Dorfplatz.

Das alte windschiefe Haus am Ortsrand sollte nun ihre neue Heimat werden. Durch die leeren Fensterhöhlen pfiff unbarmherzig der Wind.

Wochen dauerte es, bis das Gebäude wieder wohnlich hergerichtet war.

Die Einwohner des Ortes, die aus 20 Personen bestand, mussten das notwendige Wasser, das für das tägliche Leben benötigt wurde, aus einem nahegelegenen Brunnen schöpfen. Nur befand sich der Wasserspiegel in einem 32 Meter tiefen Schacht und man konnte den blinkenden Kreis der Wasseroberfläche gerade noch sehen. Mithilfe eines Ochsen, der über ein Seil eine Winde antrieb, wurde ein Eimer aus dem Brunnen herausgezogen und wieder ein anderer Eimer in die

Tiefe des Schachtes hinuntergelassen. Der Ochse wusste schon genau, wann er wieder rückwärtsgehen musste.

Täglich bildete sich eine Traube von Menschen mit alten Aluminiumtrögen und Holzbottichen um die Wasserstelle.

Und in diesen Brunnen wurde der kleine Oskar an dem Seil hinunter gelassen um die Eimer mit Wasser zufüllen. Größte Vorsicht war dabei geboten, denn die Bretter am Rande des Brunnens war brüchig, verfault und nicht mehr sicher. Trotz allem kam der Junge sicher in der Tiefe des Brunnens an und es gelang ihm fünf Eimer ohne große Mühen mit dem kostbaren Nass zu füllen, die nacheinander am Seil durch den Ochsen nach oben gezogen wurden.

Oskar verspürte mit einmal einen Druck auf der Brust und bekam kaum noch Luft. Der Knabe begann zu keuchen, er versuchte Luft in seine Lungen zu pumpen. Er versuchte auch mehrmals in seiner Not sich verständlich zu machen und rief: „Zieht mich hoch! Ich kann nicht mehr!"

Ein vergebliches Unterfangen bei dem, hier unten herrschenden Sauerstoffmangel. Nur ein Krächzen kam über seine Lippen.

Mühsam schaffte es der Junge gerade noch den sechsten Eimer mit Wasser zu füllen, als ihm drohte, das es Schwarz vor seinen Augen zu werden schien. Mit letzter Kraft gab er das vereinbarte Zeichen, ihn nach oben zu ziehen. Mühselig hielt er sich, auf dem Eimer sitzend am Seil fest und mit gemeinsamer Anstrengung zogen ihn die Obenstehenden in die Höhe. Als er den Brunnenrand erreichte, übermannte ihn die Bewusstlosigkeit.

Noch rechtzeitig packten ihn die am Brunnen stehenden Männer an den Oberarmen, um zu verhindern, dass der Junge in die Tiefe des Brunnens stürzte.

„Junge wach auf! Was ist mit dir!" tätschelte die Mutter besorgt die Wangen, des neben dem Brunnen liegenden Knaben.

„Wo bin ich? Was ist?“ kam es endlich flüsternd über die Lippen und der Knabe schlug langsam die Augen auf. Dabei blinzelte er.

„Gott sei Dank. Du warst im Brunnen!“

„Ich kann mich nicht mehr erinnern“, kam es immer noch schwach aus seinem Mund.

Ringsum Allgemeines aufatmen.

Und das Einkaufen im Ort war ebenfalls kein Problem, denn schließlich gab es in dem einzigen Lädchen, auch Bude genannt, nichts zu erstehen, es sei denn ein paar Kekse und verstaubte Blechlöffel.

Was sollte es? Die Leute hatten ja sowieso kein Geld.

Der Sommer verging, die Mutter hatte keine Arbeit und so war der Hunger ständiger Gast in der Familie.

Endlich, das Jahr neigte sich schon dem Ende entgegen, erhielt die Frau nach langen vergeblichen Suchen eine Anstellung in der naheliegenden Kolchose als Melkerin. Mit dem, was sie dort als Lohn bekam, konnte sie wenigsten die Kinder über die kalten Wintermonate hinweg, vor dem schlimmsten Hunger bewahren.

In den Sommermonaten musste Oskar dann auf den Weizenfeldern mithelfen, um wenigstens etwas für den Lebensunterhalt der Familie mit beitragen zu können.

Überall auf den Feldern wuchs hohes Unkraut, in dem die schwankenden goldgelben Weizenhalme mit den mit reifen Körnern prall gefüllten Ähren teilweise ganz verschwanden. Kam dieses Unkraut bei der Ernte, es war Wermut mit in den Weizen, dann waren die aus dem Mehl hergestellten Produkte ungenießbar. Sie schmeckten ganz fürchterlich nach Wermut.

Dem Unkraut wurde mit aus Fassreifen angefertigten Sensen zu Leibe gerückt.

Und dann gab es da auch noch kleine pelzige Tierchen, im Volksmund Pfiffig genannt. Auf diese Tierchen machten nicht nur die Kinder Jagd, sondern auch die Erwachsenen. Für das Fell gab es eine Abschussprämie und mit dem Fleisch wurde der karge Speisezettel der Familien bereichert.

In der Sommerszeit rückten die Kolonnen der Mähdrescher an. Sie ernteten die Getreidefelder ab und trennten das Spreu vom Weizen. Zahllose Getreideähren blieben dabei auf den Stoppelfeldern liegen. Kaum waren die Mähdrescher verschwunden wimmelte es nur so von Dorfbewohnern auf den Feldern. Sie sammelten die Getreideähren auf, um mit selbst gebauten Mühlen in mühevoller Arbeit etwas Mehl für den Eigenbedarf herzustellen.

Die selbst gebauten Mühlen, ein Provisorium, bestanden aus einem Eisenrohr, die Oberfläche durch Hammerschläge aufgeraut und einem aus Blech bestehenden Zylinder, ebenfalls innen mit Hammerschlägen aufgeraut. Das Eisenrohr passte so in den Zylinder, das in dem Zwischenraum, durch die aufgerauten Flächen das Korn zu Mehl gemahlen werden konnte.

Neben einem Feld, das die Mähdrescher bereits abgeerntet hatten, stand besonders hoch das Unkraut.

In der heißen Mittagssonne zirpten die Grillen.

Gerade an dieser Stelle sammelte Oskar Ähren auf und warf sie in den neben ihm stehenden verbeulten Blecheimer. Der Schweiß rannte ihm von der Stirn und durch das ständige Bücken tat ihm langsam der Rücken weh. Der Junge richtete sich auf, streckte sich und blieb im Gesicht bleich werdend für einen Moment wie angewurzelt stehen.

Aus dem hochstehenden Wermut blickten ihn die funkelnden Augen eines riesigen Wolfes entgegen.

Sekunden schienen zu Minuten zu werden, bis der Knabe, dass einzige richtige tat, er schlug mit der Faust gegen den Eimer.

Der blecherne Hall ließ den Wolf erschrocken im Unkraut verschwinden. Das immer leiser werdende Rascheln im

Grünzeug ließ vermuten das, das Tier sich in Richtung der Mühle entfernte.

Und in der Tat war das so. Am nächsten Morgen wurde hier ein gerissenes Kalb aufgefunden. Der graue Räuber hatte doch noch seine Beute gefunden.

Immer noch schreckensbleich und am ganzen Leibe zitternd kam der Junge diesmal nur mit halb vollem Eimer zu Hause an.

„Was ist geschehen?“, wollte die Mutter beim Anblick des Knaben, der ganz bleich im Gesicht war, sogleich wissen.

Immer besorgter wurden die Gesichtszüge der Mutter, je länger der Junge berichtete. Als er geendet hatte, atmete die Frau erleichtert auf.

„Gott sei Dank, dass dir nichts geschehen ist!“

Mit dem Beginn, der Wintermonate wurde schließlich das Aufsammeln der Ähren verboten.

Mutter trug jetzt die Post aus, die von Alexandrowka geholt werden musste und das bei jedem Wetter.

Der Herbst war vorbei und der Winter hielt mit seiner grimmigen Kälte und den orkanartigen Schneestürmen seinen Einzug.

Bisher war es mit der Verpflegungsversorgung schon schlimm gewesen jetzt wurde es katastrophal. Wenn sich nicht jeder selbst etwas besorgte, dann kam es nicht selten vor, dass hin und wieder eine steifgefrorene Leiche in einer tiefen Schneewehe gefunden wurde.

Dies bekam auch eine Tante von Oskar zu spüren. Sie hatte zum Anziehen nur einen Rock, der aus einem Sack bestand, darunter war sie nackt. Bei Temperaturen von minus 40 Grad überraschte sie der kalte Tod. Die arme Frau konnte nicht einmal begraben werden, denn in den hart gefrorenen Boden ließ sich einfach keine Grube ausheben, so wurde die Leiche einfach mit einem riesigen Schneehaufen zugedeckt, der festgeklopft wurde.

In der Ortschaft gab es eine Mühle, in der der Weizen in Kisten lagerte. Ein verlockendes Objekt bei der herrschenden Hungersnot. Immer und immer wieder wurde versucht aus der Mühle Weizen zu stehlen. So blieb dem Besitzer nichts anders übrig als einen Wachmann einzustellen und außerdem gab es für den Dieb, der auf frischer Tat ertappt wurde, für jedes Kilo Weizen, das er gestohlen hatte, ein Jahr Gefängnis.

Davon ließ sich Oskar jedoch nicht abschrecken, denn der ständig nagende Hunger war schlimmer als die Angst vor dem Gefängnis. Bei tobendem Schneesturm machte sich der Junge auf den Weg. Er wollte unbedingt etwas Weizen aus den Kisten holen, um dann wenigstens einmal wieder mit vollem Magen einschlafen zu können.

Der stürmische Ostwind blies die dicken Schneeflocken fast waagerecht durch die kalte Luft und diese stachen schmerzhaft, wie spitze Nadeln in das Gesicht.

Der Junge konnte kaum einen Meter weit sehen, so dicht wehte vor ihm eine weiße Wolkenwand empor.

Durch den tiefen Schnee sich mühsam vorwärts kämpfend erreichte der Knabe die Mühle. Trotz der Kälte war dem Jungen richtig warm geworden und sein Gesicht rot, von dem scharfen Wind, der den Schnee nur so vor sich hertrieb.

Und Oskar hatte Glück, der Wächter hatte sich bei dem Unwetter in ein warmes Eckchen zurückgezogen.

Die dicht am Haus stehenden Kisten waren vollständig eingeschneit. Einen Weg, fast schon ein Tunnel musste sich der Knabe graben, um an das Objekt der Begierde heran zukommen.

Obwohl die Kälte mächtig in den Füßen und Händen zwickte, begann Oskar, mit einem Eisenstab, den er unter seiner Jacke hervorzog, mühsam ein Loch, in das Brett einer der Mehlkisten zu bohren. Den, in einem dünnen Strahl herausrieselnden Weizen fing er mit einem kleinen Säckchen auf, das acht bis zehn Kilo fasste.

Erfolgreich und unentdeckt trat Oskar den Rückweg an. Der Sturm war jetzt so heftig geworden, dass er sich ihn richtig entgegenstemmen musste. Durchgefroren bis auf die Knochen erreichte er mit letzter Kraft das zu Hause.

Wie fortgewischt waren die Sorgen der Mutter, als Oskar das kleine Haus betrat mit dem Sack Weizen in der Hand.

Aber wohin mit der Beute?

Kurz entschlossen verschwand das Säckchen, bis der Weizen zu Mehl gemahlen wurde, erst einmal in einem Loch im Keller.

Am nächsten Tage gab es große Aufregung im Ort. Die Frau des Müllers hatte den Tunnel in der Schneewehe an der Mühle entdeckt, auch das Loch in dem Holzbrett gefunden und festgestellt das Korn aus der Kiste fehlte.

Die Polizei wurde verständigt. Die kamen mit Hunden und begannen alle Häuser des Ortes auf den Kopf zu stellen.

Jetzt war guter Rat teuer, den die acht bis zehn Kilo Weizen, wenn man diese im Keller finden würde, hießen acht bis zehn Jahre Gefängnis für den Jungen.

Und der vergrabene Weizen würde sicherlich durch die Polizeihunde im Keller des Hauses gefunden werden.

Es bestand jetzt die knifflige Frage: Wohin mit dem Weizen, damit er nicht gefunden wurde?

Eine Möglichkeit nach der anderen wurde verworfen, bis man endlich die Lösung des Problems fand. Im Haus stand ein Kessel mit einer Holzfeuerung. Da unter dem Kessel kein Feuer brannte, wurde dieser kurzerhand von seinem Untersatz abgehoben, der Weizen in dem sich hier befindenden Hohlraum gelegt und mit einer dicken Erdschicht bedeckt. Der Kessel wurde wieder auf seinen alten Platz zurückgestellt, geschwind einige Holzscheite in die Feuerung gelegt und das Feuer angezündet.

Als die Polizei das Haus betrat, loderte unter dem Kessel ein knisterndes Feuer.

Ohne weiter auf den Kessel zu achten, gingen die Männer geradewegs in den Keller. Aus Erfahrung wussten die Gesetzeshüter, das Diebesgut allgemein hier versteckt wurde.

Die Hunde schnupperten in allen Ecken des Kellers, schlugen kurz an der Stelle an, wo das Korn erst vergraben war. Nur fanden die Ordnungshüter hier nichts mehr.

Das gefiel den Milizionären überhaupt nicht und die Männer begannen auf den Jungen einzuprügeln, zu treten und befahlen ihn den Keller umzugraben.

Nichts wurde gefunden.

Das behagte den Polizisten noch weniger. Diese schlugen den Jungen brutal mit den Fäusten ins Gesicht, schleuderten ihn zu Boden und traten ihn mit den stiefelbewaffneten Füßen in die Rippen, dabei immer wieder brüllend: „Wo ist der Weizen, du verdammter Bengel? Sag schon, wo der Weizen ist?“

Oskar hielt schön den Mund, da er ja genau wusste, welche Strafe auf ihn zukommen würde.

Wütend musste die Polizei unverrichteter Dinge von dannen ziehen.

Auch wenn Oskar einige blaue Flecken davon getragen hatte, den Weizen hatten sie auf jeden Fall nicht gefunden.

Da der Hunger ständiger Gast in den Häusern der einzelnen Familien war, blieb diesen nichts anders übrig als ihren Einfallsreichtum walten zu lassen. Selbst vor dreistem Diebstahl wurde dabei nicht zurückgeschreckt.

Eines Tages verendete ein altersschwacher Gaul und er wurde, bis der Tierarzt aus der nahen Stadt zur Feststellung der Todesursache erschien, in einem baufälligen Gebäude aufgehangen.

Zur Sicherheit wurde das windschiefe Tor des Hauses mit einem Vorhängeschloss diebessicher gemacht.

So glaubte man jedenfalls.

Als der Tierarzt am nächsten Tag eintraf, fand er nur noch einen leeren Bau vor. Unbekannte hatten das Tor aufgebrochen und das Pferd gestohlen.

Auf seinen täglichen Erkundungstouren stellte Oskar fest, dass nicht nur in den Kisten bei der Mühle Getreide lagerte, sondern in der Mühle auch noch Kisten mit Mehl standen.

Aber wie an das Mehl herankommen, das in dem hohen Mühlengebäude untergebracht war?

In den folgenden Tagen machte sich der Junge auf Erkundungstour, um herauszubekommen, wie er in die Mühle gelangen konnte. Er schaute nach dem Schloß am Tor, umrundete das Gebäude und suchte nach einem Weg, wie er nachts in die Mühle eindringen konnte.

Und diesen Weg fand er.

In zehn Meter Höhe entdeckte er ein Fenster, nur musste er irgendwie dort hingelangen. Erfinderisch, wie der Kleine war, sollte das kein großes Hindernis für ihn werden.

Kaum war die Nacht hereingebrochen, schlich der Junge bei tobendem Schneesturm zur Mühle.

Es pfiff und fauchte. Kalt schnitt der scharfe Wind ins Gesicht und trieb Tränen in die Augen.

Vor dem Knaben tauchte aus dem Schneegestöber die dunkle Wand der Mühle auf. Im Windschatten der Mühle verschnaufte er für einen Moment, ehe er an der Hausecke in der Nähe des Fensters emporzuklettern begann. Dafür hatte er sich den Riemen von einer Dreschmaschine und einen Metallstab *organisiert*. Den Riemen, den er an dem Stab befestigt hatte, band er um seinen Leib. Den Eisenstab als Steigeisen benutzend kletterte er das hohe Gebäude empor. Ein Säckchen, in das acht Kilogramm Mehl passte, hatte er unter der Jacke versteckt.

Obwohl der kalte Wind scharf in das Gesicht schnitt, Nase und Wagen knallrot werden ließ kletterte der Knabe unbeirrt, immer wieder den Stab in das Holz einschlagend an der Ecke des Gebäudes in die Höhe.

Die Finger begannen bereits zu kribbeln, als er endlich das Fenster erreichte. Einen kurzen Hieb mit der Faust und die Scheibe fiel klirrend nach innen.

Der Junge hielt für einen Moment den Atem an, aber niemand schien etwas gehört zu haben. Der pfeifende Wind hatte sicherlich das klirrende Geräusch übertönt.

Schnell war das Säckchen gefüllt.

Aber als Oskar jetzt wieder nach unten steigen wollte, tat sich für den Knaben plötzlich ein Problem auf. Mit Schrecken stellte er fest, der orkanartige Wind hatte unter dem Fenster den Schnee fortgeblasen und zu einer hohen Schneewehe auf der anderen Seite des Weges zusammengefegt.

Was tun?

Dem Jungen blieb nichts anderes übrig als mit froststarren Fingern die Hauswand hinunter zu klettern. Vorsichtig beugte er sich zum Fenster hinaus, schlug die eiskalte Eisenstange in das Holz und wollte zur Hausecke hangeln.

Da geschah es.

Eine plötzliche Windbö ergriff Oskar. Er verlor das Gleichgewicht, die Eisenstange löste sich aus dem Holz und der Knabe stürzte zehn Meter in die Tiefe.

Hart schlug der Junge auf dem froststarren Boden auf.

Stechender Schmerz durchzuckte den Körper, ehe Oskar in Ohnmacht fiel. Wie lange er so gelegen hatte, wusste der Knabe nicht mehr, als er zu sich kam. Das Säckchen war in Ordnung, nur aufstehen konnte Oskar nicht mehr. Jedes Mal wenn er es versuchte, zuckte stechender Schmerz durch den Rücken und ihm wurde schwarz vor den Augen.

Soviel er sich auch abmühte, Oskar konnte sich beim besten Willen nicht mehr vom Boden erheben, so kroch er mühsam auf allen Vieren die rund zwei Kilometer bis nach Hause. Immer wieder versank der Junge im tiefen Schnee, blieb erschöpft für einen Moment liegen, um gegen eine drohende Ohnmacht anzukämpfen.

Mühsam schleppte er sich dann weiter.

Eine nicht enden wollende Wegstrecke.

Als er endlich das Haus mühselig erreichte, war er am Ende seiner Kräfte und hatte auch kein Gefühl mehr in den Händen.

Sie waren erfroren.

Sich mühevoll aufrichtend konnte er sich gerade noch dadurch bemerkbar machen, dass er mit der Faust gegen die Tür schlug. Was hieß hier schlug, es wurde nur ein Zaghaftes klopfen.

Die Mutter im Haus hob lauschend den Kopf: War da etwas?

Nein, da war nichts! Nur das Brausen des Sturmwindes, der um das Haus pfiff, war zu hören.

Da war es wieder, das Geräusch. Jetzt hatte sie es deutlich gehört, es klopfte jemand an die Haustür.

Aufstehend, ein Tuch um den Kopf wickelnd eilte die Frau mit schnellen Schritten zur Tür. Als sie diese öffnete, schlug der Schneesturm ihr mit aller Wucht entgegen. Erschrocken fuhr sie zurück.

Ihr Junge lag wie ein Häufchen Elend zusammengebrochen vor der Tür im dichten Schneegestöber und konnte sich nicht mehr bewegen.

Nur mühsam gelang es der Frau den Knaben in das Haus zuziehen, ihn auf das Bett zulegen war ein unmögliches Unterfangen.

Was tun?

Jetzt konnte nur noch die Nachbarin helfen. Oskars Mutter rannte in dem tobenden Schneesturm, zu der nicht so weit entfernten Hütte der Frau, in der noch Licht brannte. In ihrer Verzweiflung klopfte sie wie wild gegen die verschlossene Tür.

„Was gibt es?“, rief eine Frauenstimme.

„Mach bitte auf! Ich brauche eure Hilfe!“

Die Tür öffnete sich einen Spalt, durch den eine ältere Frau blickte.

„Kommt bitte mit! Ich brauch eure Hilfe, mein Sohn hat sich fürchterlich verletzt! Ich weiß nicht, wie ich das alleine schaffen soll!“

Die Nachbarin ließ sich nicht lange bitten.

Beide eilten, sich gegen den brausenden Schneesturm stemmend, zurück und es gelang ihnen den Jungen ins Bett zu hieven.

Bei jeder Bewegung stöhnte der Junge vor Schmerzen auf. Es stellte sich heraus, das etwas mit seinen Hüften nicht in Ordnung sein musste.

Was war zu tun?

Nach Kurzem hin und her bandagierten sie seine Hüften mit zwei Brettern und das war auch so gut gewesen. Oskar hatte sich durch den Sturz die Hüfte verletzt, ob etwas gebrochen war, konnten die beiden Frauen jedoch nicht feststellen.

Ein Fieberschauer nach dem anderen beutelte Oskars Körper. Die Körpertemperatur stieg auf 42 Grad und er bekam keinen Ton mehr über die aufgesprungenen Lippen.

Nadja, die Nachbarin meinte: „In neun Tagen entscheidet es sich, ob es dem Jungen besser geht oder schlechter.“

„Hoffentlich“ kam es verzagt über die Lippen der Mutter.

Die neun Tage waren vergangen und dem Jungen ging es nicht besser, im Gegenteil es ging ihm schlechter. Er begann wirres Zeug vor sich hin zureden. Der Junge fantasierte.

Das war ein schlimmes Zeichen.

Tag und Nacht saß die Mutter mit besorgter Miene neben dem Bett des Knaben. Als es dann ganz schlimm wurde, stellte sie Kerzen vor seinem Bett auf.

Was würde nur aus ihrem Jungen werden?

Da traf der Großvater aus dem 90 km entfernten Milonika ein und das war ein Glück für Oscar. Als dieser sah was mit dem Knaben los war rührte er in einer Schüssel ein Gemix aus 40 Prozent Alkohol und 60 Prozent Wasser an. In dieses Gebräu tauchte der alte Mann ein Betttuch und wickelte den Körper des Jungen mit dem nassen Laken ein. Vorher hatte er noch überprüft ob in dem Knaben noch Leben war. Er hielt ihm einen Spiegel vor den Mund.

„Keine Sorge der Knabe lebt noch! Ich bekomme das schon wieder hin", äußerte sich optimistisch der Großvater.

Ganz leicht beschlug die Glasscheibe vom Atem.

Am nächsten Tag ging es dem Jungen wirklich wesentlich besser. Der Großvater wiederholte noch einmal die Prozedur, die auch diesmal die Wirkung nicht verfehlte. Nur laufen konnte der Oskar nicht, er schien sich das Kreuz doch irgendwie angeknackst zu haben.

Von dem Weizen, den Großvater mitgebracht hatte wurde Mehl gemahlen und Brot gebacken. Da dieses Korn jedoch einen hohen Wermutanteil hatte, schmeckte es jämmerlich. Keiner wollte es essen, nur dem Jungen schmeckte es besser und besser. Ein sicheres Zeichen für seine Genesung. Es dauerte keinen Monat und Oskar war wieder voll auf dem Damm.

Da immer und immer wieder der Hunger in den Familien des Dorfes Einzug hielt, verließen mehr und mehr Menschen den Ort, sodass zum Schluss nur noch drei bis vier Häuser bewohnt waren. Die Gelegenheit nutzend suchten sich Wagners ein anderes Haus, das nicht so baufällig war und bezogen es.

Die Mutter wollte ihren Jungen etwas Gutes tun, denn er brauchte unbedingt eine neue Hose. Die Alte war zerrissen und schon an zahlreichen Stellen geflickt.

Aber woher die neue Hose nehmen?

So entschloss sich die Frau aus den zahlreichen Stofffetzen, die noch vorhanden waren ihm eine zu nähen. Die Hose sah zwar dann aus wie die Hose eines Zirkusclowns, aber sie erfüllte ihren Zweck und keinen störte das.

Kaum war Oskar voll genesend, glaubte er schon wieder alle Bäume ausreißen zu können und mutete sich gleich einiges zu. Er wollte seinen Großvater in der Stadt besuchen.

Die Sonne schien an diesem Tag von dem strahlend blauen Winterhimmel. Bei eisiger Luft von 38 Grad minus machte der Junge sich auf den Weg. Im Sonnenschein glitzernd lag die tief verschneite weiße Winterlandschaft vor ihm.

Er lief in der tiefen Spur entlang, die ein amerikanischer Studebaker im tiefen Schnee hinterlassen hatte.

Schnell kam er voran und er pfiff fröhlich ein Liedchen vor sich hin.

Nach etwa drei Kilometern hörte die Spur plötzlich auf und der Junge stand vor einer ein bis zwei Meter hohen Schneewand.

Der Weg führte nicht mehr weiter.

Der Studebaker musste sich hier festgefahren haben und dem Fahrer war nichts anderes übrig geblieben als in der gleichen Spur zurückzufahren, und zwar im Rückwärtsgang.

Wohl oder Übel musste der Junge ebenfalls umkehren. Auf dem Rückweg brach die Dämmerung herein, die schnell in eine kalte Winternacht überging. Heraufziehende Schneewolken verdeckten den sternenklaren Himmel. Es wurde so finster, dass Oskar vom Wege abkam.

Beim Umherirren stieß er auf etwas Dunkles. Mit den Händen abtastend stellte er fest, dass es etwas Weiches und Feuchtes sein musste.

Faules Stroh war es, was da auf der Schneefläche lag.

Um nicht zu erfrieren, deckte sich der Junge mit diesem Stroh zu. Trotz des fürchterlichen Gestankes schlief er ein.

Der einsetzende Schneefall hüllte die schlafende Gestalt mit seiner weißen Pracht ein.

Als der Junge aufwachte, wusste er für einen Moment nicht, wo er sich befand. Dann bemerkte er das Er unter einer dünnen Schneedecke lag. Der herabfallende Schnee musste den Jungen wohl mit einer wärmenden Schneedecke zu gedeckt haben. Aufstehend und das weiße Tuch des Schnees vom Körper schüttelnd erblickte er im heraufdämmernden Morgengrauen, nicht weit entfernt den rettenden Ort.

Er war zwar nichts aus dem Besuch bei dem Großvater geworden, aber er konnte von sich sagen, dass er wieder einmal großes Glück gehabt hatte.

Oskar brauchte seine tägliche Beschäftigung und so begann er aus alten Filzstiefeln, Riemen und Ledersohlen Schuhe herzustellen. Sie würden einiges einbringen beim Tausch in der Stadt, die 15 Kilometer entfernt lag.

Beim Handeln und Feilschen mit den Marktfrauen und Händler entwickelte Oskar viel geschickt. Er tauschte für die Schuhe Mehl, Kartoffeln und Rüben ein. Nahrungsmittel, die die Familie zur Ernährung unbedingt benötigte.

Eines Tages kam der Junge auf dem Rückweg vom erfolgreichen Warenhandel an einem Sonnenblumenfeld vorbei. Die dürren Stängel der Sonnenblumen standen in Reihe und Glied, wie tapfere Zinnsoldaten. Sie waren nach der Ernte stehen geblieben und die Spitzen der Stiele, die jetzt aus dem Schnee heraus schauten, hatte der Winter weiße Häubchen aufgesetzt.

Bei der jährlichen Ernte hatte man den Sonnenblumen einfach nur die Köpfe abgeschnitten.

Der Junge lieferte seinen Einkauf zu Hause ab und wollte seiner Mutter hocherfreut von seinen Handelserfolgen berichten. Als er rief: „Ich bin wieder da!“, fiel ihm ein, das die Mutter ja den Großvater besuchen wollte.

„Mach nichts. Hab ja sowie so noch etwas vor“, murmelte Oskar vor sich hin und machte sich zurück auf den Weg zum Sonnenblumenfeld. Geschwind hatte er den etwa zwei bis drei Kilometer weiten Weg zurückgelegt und machte sich flugs an die Arbeit. Mit dem Messer hieb er einige Stängel unmittelbar über der Schneefläche ab. Das Bündel, das er aus den Stecken schnürte, lud er sich auf den Rücken und zurück ging es auf der eigenen Spur, die er in dem tiefen Schnee hinterlassen hatte. Schneller kam er voran, als er den vom Schnee geräumten Weg erreichte.

Oskar war auf diesem noch nicht allzu weit gelaufen, da sah er aus der Ferne einen schwarzen Fleck mitten auf dem Weg liegen. Beim Näherkommen erkannte er eine menschliche Gestalt.

Und dann, was für ein Schreck: Es war die Mutter, die da vor ihm am Boden lag. Vom Besuch beim Großvater zurückkehrt, nur wenige Kilometer vor dem Ort war diese vor Entkräftung neben dem Schlitten zusammengebrochen. Die Füße bildeten nur noch eine blutige Masse, durch das Aufplatzen der sich gebildeten Blasen.

Die arme Frau konnte nicht mehr laufen.

Was tun?

Der Junge ließ das Bündel mit den Sonnenblumenstängeln von der Schulter fallen, zog und schob mühsam die vor Schmerzen wimmernde Mutter auf den Schlitten. Den Schlitten zog er 20 bis 30 Meter weiter, ließ ihn stehen, kehrte dann zurück, um sein Sonnenblumenstängelbündel nach zu holen.

Das wiederholte sich immer wieder, bis der Junge, der gerade mal elf Jahre war, zu Hause ankam.

Fix und fertig war der Knabe.

Sofort wurde die Mutter unter großen Mühen in die warme Stube geschleppt. Mit erschrecken stellte Oskar hier fest, die Füße der Mutter waren blau angelaufenen.

Da halfen nur noch kalte Eisenplatten, die der Junge zum Abkühlen jedes Mal hinaus in die froststarre Luft brachte.

Mit den eiskalten Metallplatten konnten wenigstens etwas die jämmerlichen Schmerzen der armen Frau gelindert werden. Zusätzlich wurden die Nase, die Ohren, die schon ganz weiß geworden waren und auch die Beine mit Talk eingerieben.

Kaum war die Mutter wieder richtig auf den Beinen, da hieß es: „Wir ziehen hier fort. Es geht in einen anderen Ort. Alles bleibt zurück“.

Und das, obwohl der Winter noch lange nicht vorbei war.

Auf den altersschwachen Schlitten wurde ein Kasten aus Holz gebaut, der kleine Bruder hineingelegt und gut zugedeckt.

Dann ging es los.

Am ersten Tag wurden rund 12 km zurückgelegt. Den Weg entlang fauchte die Windsbraut wütend über die weite Ebene. Sie wirbelte den Schnee hoch empor, trieb ihn die Gesichter und brachten die Augen zum Tränen. Endlich, es begann bereits zu dämmern, erreichten sie einen Geräteschuppen, der am Wegesrand stand.

Er gehörte einer Kolchose.

Im Gebäude brannte in einem Kanonenofen ein Feuer, der mit seinem glutroten Bauch im ganzen Raum eine wohlige Wärme verbreitete. Die beiden alten Männer, die die Kälber hier versorgten und bewachten, rösteten hierauf, auf einem heißen Blech Hafer. Den gerösteten Hafer kauten diese genüsslich zwischen den Zähnen und spukten die Spelzen einfach auf den Boden des Schuppens.

Aus dem warmen Schuppen ging es am nächsten Tag wieder in die arktische Kälte hinaus, um die acht Kilometer bis nach Namitzka in Angriff zu nehmen. Und wieder machte ihnen der vom Winde aufgewirbelte Schnee schwer zu schaffen.

In Namitzka angekommen hatten sie großes Glück, sie erhielten bei einer alten Frau ein warmes Quartier. Die freundliche Alte bot ihnen nicht nur ein Nachtlager an, sondern erklärte sich bereit die Familie für die nächsten Tage, bis das Wetter besser werden würde zu beherbergen.

Dankend wurde das Angebot angenommen.

Bei der alten Babuschka sammelte sich in den Sommermonaten durch die Schur der Schafe ein Haufen Wolle an. Das Alter hatte es jedoch mit sich gebracht, das die Betagte Gicht in die Finger bekommen hatte und nicht mehr in der Lage war die Schur zu verarbeiten.

Mutter überlegte, wie sie der guten Frau helfen konnte. Als sie im Haus ein altes intaktes Spinnrad entdeckte, kam ihr sofort der rettende Gedanke. Sie holte das Spinnrad hervor, setzte sich daran und begann aus der Wolle Fäden zu spinnen.

Lustig sprang die Spindel auf und nieder.

Mit freundlichem Blick und einem leichten Lächeln, das ihre Lippen umspielte, beobachtete die alte Frau die Mutter die so geschickt mit dem Spinnrad umging als hätte sie nichts anderes in ihrem Leben gemacht. Anschließend griff die Mutter zu den Stricknadeln und strickte aus den gesponnenen Fäden noch ein dreieckiges Tuch.

Die alte Frau freute sich darüber riesig.

Im Nu waren drei Tage vergangen. Weil die Mutter der alten Frau half, zeigte sich diese die ganze Zeit erkenntlich und stellte für die Mahlzeiten reichlich Kartoffeln zur Verfügung. Somit brauchten sie wenigstens nicht zu hungern.

So gerne sie noch geblieben wären, aber es ging nicht. Sie mussten ja weiter.

Am nächsten Morgen, der Wind hatte sich etwas gelegt machten sie sich auf den Weg. Noch lange schaute die alte Frau, hinter der Fensterscheibe stehend den immer kleiner werdenden Gestalten nach.

Sie waren noch nicht allzu weit gelaufen als sich zwei Schlitten, von Ochsen gezogen hinter ihnen näherten. Auf dem Bock saßen junge Frauen, die Schlitten waren mit Ölfässern beladen. Es sollte sicherlich in die nächste Stadt gehen.

Die Schlitten hielten. Nach dem kurzen „Woher?“ und „Wohin?“ kam man schnell ins Gespräch und beschloss gemeinsam den weiteren Weg fortzusetzen. Besonders angeregt unterhielt sich Oskars Mutter mit einem 28-jährigen Mädchen. Dabei erfuhr sie, dass die Mädchen nach Kusnoje Warja wollten, und welch ein Zufall auch den Großvater kannten.

Die Schlitten fuhren auf der festgefahrenen Schneedecke zwischen den rechts und links des Weges aufgetürmten Schneehügeln weiter.

Nach mehreren Kilometern tauchte in der ferne ein kleines Haus am Straßenrand auf. Dieses war bis zur oberen Dachkante eingeschneit, dass nur noch die Spitze des Giebels herausschaute.

„Ob darin noch Menschen wohnen?“

„Wir können ja mal schauen!“

Oskar sprang von den haltenden Schlitten, stapfte durch die tiefen Schneewehen zum Haus und suchte nach dem Eingang der Hütte. Er buddelte hier und dort im Schnee. Immer begleiteten in dabei die guten Ratschläge der Frauen.

So richtig ins Schwitzen kam der Junge dabei, nur nirgends ein Eingang. Er wollte schon die Suche aufgeben, da fand er endlich an der Nordseite des Hauses unter dem tiefen Schnee die Tür und er rief: „Hallo! Ist da wer?“

Keine Antwort!

„Ruf noch mal!“ feuerten ihn die Frauen an.

Nach mehrmaligen Rufen kam dann die Antwort: „Ja, wir sind zu dritt und können uns nicht selber freischaufeln. Die Schneelast drückt gegen die Türen und Fensterläden.“

„Kommt her, ihr müsst mit helfen!“

Bereits in kurzer Zeit waren die eingeschneiten Bewohner befreit.

Nur die Mutter hatte sich an der Freischaufelei nicht beteiligt. Sie sah in der Zwischenzeit nach dem kleinen Bruder, der im Schlitten lag. Mit entsetzen stellte die besorgte Frau fest das die Knie und Ohren des Kleinen angefroren waren. Sofort begann sie, den Knaben mit Schnee abzureiben. Langsam setzte die Durchblutung wieder ein. Knie und Ohren waren wieder richtig rot geworden.

Erschöpft sank die Frau neben dem Schlitten in den Schnee.

Die letzten Tage hatten die Mutter ganz schön in Anspruch genommen, die völlig marode Frau konnte jetzt beim besten Willen nicht mehr weiter. Der Zustand der bereits angegriffenen Beine war schlechter und schlechter geworden. Die kaum verheilten Wunden an den Füßen waren wieder aufgesprungen und fingen an zu bluten. So bat die Mutter, die Frauen die auf den Basar in Kusnoje Warja wollten: „Könnt ihr bei unserer Verwandtschaft bescheid sagen. Sie möchten uns doch mit einem Schlitten entgegenkommen. Ich könnte nicht mehr weiter."

„Das ist doch selbstverständlich", antwortete das 28-jährige Mädchen.

Die Schlitten mit den Frauen setzten sich in Bewegung und nahmen fahrt auf. Als diese bereits etwa 100 Meter zurückgelegt hatten, drehten sich die Frauen noch einmal um und winkten. Dann verschwanden die Gefährte in der Ferne hinter einer aufstiebenden Schneewolke.

Oskar blieb nicht untätig, denn er wollte mit der Mutter und dem kleinen Bruder so schnell wie möglich zum Großvater in die Stadt, heraus aus der sibirischen Kälte und hinein in die warme Stube.

Als er überlegt wie er es am Besten anstellen könnte, vorwärtszukommen, fiel ihm die Methode mit den Sonnenblumenstängeln ein.

Und so machte er es dann auch.

Der Junge schleppte die Mutter 20 bis 30 Meter auf dem Rücken vorwärts, kehrte zurück und zog den Schlitten mit dem Bruder hinterher.

Wieder und immer wieder.

Als endlich in der glühenden Abenddämmerung der Schlitten mit der Schwester auftauchte, war Oskar am Ende seiner Kräfte. Der Junge brach erschöpft zusammen.

In Kusnoje Warja angekommen kümmerte sich der Großvater um den Jungen und die Mutter kam bei einer Bekannten unter.

Ein Jahr lang half Oskar dem Großvater, der elf Kinder zu versorgen hatte, bei der Arbeit mit der Kuh und beim Mähen der Wiese.

Da der Schulbesuch nicht gefördert wurde, trat Oskar den Weg in die Schule in einfachster Kleidung an. Es war ja kein Geld vorhanden, dem Jungen etwas Ordentliches zum Anziehen zu kaufen.

Als der Junge die 4. Klasse besuchte, erhielt die Mutter eine Anstellung an der Schule als Putzfrau und die Familie durfte in einem Nebengebäude der Lehranstalt wohnen.

Welch ein *Luxus!*

Da Oskar sich jetzt viel bei seiner Tante aufhielt, lernte er von der Frau das Melken der Kühe und erhielt von ihr auch kleine Aufgaben, die den Einkauf auf dem Basar betrafen.

Aber womit sollte auf dem Basar bezahlt werden, denn Rubel waren nichts wert. Obwohl da guter Rat teuer war, wusste die Tante sich zu helfen. Diese hatte in einer alten Holzkiste noch verschiedene Pakete Tee gefunden und von diesen erhielt Oskar einige Pakete. Gegen fünf bis zehn Beutel davon tauschte der Junge bei einem Kasachen Mehl ein.

Später gelang es ihm nach langem Feilschen, bei einem anderen Kasachen gegen weitere Beutel Tee ein halbes gefrorenes Schaf zu erhandeln.

Bild 12: Reges Treiben herrscht auf dem Basar.

Aber nicht nur Mehl, sondern auch Weizen wurde den Kasachen für Tee abgefeilscht, um dann später aus dem Weizen, mithilfe des Mühlsteins Mehl zu mahlen.

Besonders gut schmeckte immer die Suppe aus Klößchen und Fleisch, die die Tante kochte. Ein jeder ließ sich diese gut munden.

In dieser Zeit kehrte auch der Onkel aus dem Gefängnis zurück. Er hatte wegen einer Lappalie sechs Monate gesessen.

Dann neigte sich das Jahr dem Ende zu und der Holzvorrat zum Heizen der Schule bedurfte der Auffüllung. Eine Gelegenheit für Oskar sich in der Schule nützlich zu machen, um etwas dazu zu verdienen. Er hackte das Holz, das er mit einem Schlitten aus einem 12 km entfernten Wald holte.

Mit dem Hereinbrechen des Winters durfte Oskar die Fahrten in das Gehölz nicht mehr allein durchführen.

Ihn begleitete ein älterer Mann.

Und nicht nur das. Ständig sprang kläffend ein struppiger Hund um die beiden herum. Begleitete sie bis zum Wald und lief dann wieder zur Schule zurück.

So verstrich eine Woche nach der anderen.

War im nahegelegenen Wald das Holz aufgeladen, ging es auf dem kürzesten Weg zurück zur Schule, wo sie bereits, der vorausgelaufene Hund, mit seinem lauten Gekläffe, angekündigt hatte.

Aber dann, eines Tages kam alles ganz anders.

Wie immer hatten die beiden das Holz aufgeladen und der Hund sich gerade wieder abgesetzt um den rückkehrenden Transport anzukündigen.

Dicke, fette heranziehende Wolken verdunkelten plötzlich den Himmel.

Ein fürchterlicher Schneesturm brauste heran.

Immer dichter wurde der Schneefall. Orkanartig trieb er waagerecht die Schneeflocken vor sich her.

„Los, wir müssen uns beeilen. Wenn wir in diesem Schneesturm stecken bleiben haben wir nichts zum Lachen“, konnte sich der Alte kaum in dem heranbrausenden Gebrüll verständlich machen.

„Hoffentlich schaffen wir es noch?!“, antwortet Oskar ängstlich.

Und ehe die beiden es sich versahen, waren alle Wege zugeschneit und sie wussten nicht mehr, wo sie sich befanden. Wohin sie auch blickten, nur eine riesige weiße Fläche, die im Dunste des Schneesturms verschwand.

Verzweifelt irrten sie umher. Da tauchten mit einem Mal vor ihnen aus dem dichten Schneegestöber schattenhafte

Umrisse auf. Beim Näherkommen stellten sie sich als eine Waldgruppe mit dürrem Unterholz heraus.

„Dort unter den schützenden Bäumen können wir unterziehen“, machte Oskar den Alten auf die dunkle verschneite Baumgruppe aufmerksam.

„Wie recht du hast, Junge! Wir können sowieso nicht mehr weiter!“

Der Schlitten wurde unter die schützenden Bäume, deren Zweige sich unter der schweren Schneelast weit nach unten bogen, gezogen. Der Ochse ausgespannt.

An einer Stelle, wo der Sturm nicht ganz so kräftig hin blies, meinte der Alte: „Hier diesen Fleck befreien wir vom Schnee und nutzen ihn für unseren Lagerplatz.“

Es war ein Ort, wo die Bäume besonders dicht standen und einen natürlichen Schutz gegen die heranbrausenden Schneemassen bildeten.

Im Nu war die windgeschützte Stelle vom nicht allzu tiefen Schnee befreit.

„So jetzt brauchen wir nur noch ein Feuer, Oskar.“

Dürre Zweige und Holz waren genügend vorhanden um das Feuer anzünden zu können. Nach mehreren Versuchen, der Wind hatte die aufzüngelnden Flammen immer wieder ausgeblasen, knisterte hell die Glut des wärmenden Feuers.

Auf der freien Fläche, außerhalb der Baumgruppe, heulte und pfiff der Schneesturm. Hier unter den Birkenbäumen des Waldes spürte man davon kaum noch etwas. Die Wucht des Sturmes brach sich in den zahlreichen weißen Birkenstämmen.

Der Hund war in der Zwischenzeit in der Schule angekommen, nur die Angekündigten kamen nicht.

Stunden vergingen.

Man begann sich Sorgen, um die beiden Vermissten zu machen.

Der Schneesturm hatte sich in der Zwischenzeit zum Orkan gemausert, als sich die Mutter in ihrer Besorgnis auf dem Weg zur Polizei machte.

„Gute Frau, ich werde sofort mit der Suche beginnen“, versprach ihr der Milizionär.

In der Zwischenzeit waren die beiden Verschollenen im Wald neben dem knisternden Feuer eingeschlafen und ahnten von all dem nichts.

Die zuckenden Flammen wurden kleiner und kleiner, diese waren kurz vor dem Erlöschen, als sich plötzlich der Ochse bemerkbar machte.

Aufgeschreckt aus dem Schlaf fuhren beide in die Höhe und wussten für den ersten Moment nicht, wo sie sich befanden.

„Was war das?“ kam es dann aber, wenn auch etwas zögernd, über Oskars Lippen. Er sah sich dabei furchtsam um.

„Das sind sicherlich die Wölfe“, antworte der Alte und versuchte seiner Stimme einen beruhigenden Ton zu geben.

Und wirklich funkelten aus dem Dunkel des Waldes vier leuchtende Augenpaare.

Mit den Worten: „Was machen wir jetzt?“ war dem Jungen der Schreck mächtig in die Glieder gefahren.

„Oskar nimm ein brennendes Holzscheit und schmeiß damit nach den Wölfen, damit jagst du sie in die Flucht“.

Nur gut das das Feuer noch nicht gänzlich herunter gebrannt war und lustig vor sich hin flackerte.

Während der Alte neues Feuerholz nachlegte, ergriff Oskar mit zitternden Händen ein brennendes Feuerscheid. Er holte weit aus und Funken sprühend wirbelte der brennende Knüppel durch die Luft und landete genau an der Stelle im Dunkel des Waldes, wo die Wölfe auf leichte Beute hoffend lauerten.

Aufheulend zogen die Tiere sich zurück.

Oskar atmete hörbar auf.

Die Wölfe versuchten es noch drei, viermal und gaben dann endlich Ruhe, als diese merkten, dass sie keinen Erfolg hatten.

Oskar musste wohl wieder eingeschlafen sein, als ihn der Knall eines Schusses aus den Träumen riss.

Für den ersten Moment glaubte der Junge sich getäuscht zu haben, dann noch ein Schuss und noch ein Schuss.

Mit den Worten: „Horch Alter, da hat wer geschossen", ergriff Oskar einen brennenden Ast, lief zum Waldrand und warf ihn in die Höhe.

Und wieder wurde geschossen.

Noch einmal warf der Junge einen brennenden Ast hoch in die Luft.

Da tauchte aus der Dunkelheit der Milizionär auf dem Pferd sitzend auf. Er war es, der geschossen hatte, um sich bemerkbar zu machen.

In unmittelbarer Nähe der Ortschaft hatte er die Vermissten gefunden.

Der Schneesturm, als hätte er lange genug gewütet, schien an Stärke zu verlieren.

Mit dem ersten Morgenrot, das am nächtlichen Winterhimmel emporstieg, wurde der Ochse vor den Schlitten gespannt und es ging mit dem Holz die noch wenigen Kilometer bis zur Schule.

Von dem Schneesturm war nichts mehr zu spüren.

Die Arbeit wurde von der Schulleitung nicht schlecht bezahlt. Diese konnte es sich erlauben, denn Oskar gehörte nicht mehr zu den Schülern der Schule. Durch die wirtschaftliche Lage der Familie war der Junge gezwungen für den Lebensunterhalt mit beizutragen und hatte somit den Schulunterricht geschmissen.

So verdiente sich Oskar durch Gelegenheitsarbeiten sein Geld. Dabei lief er auch dem 1. Sekretär des Bezirkes über den Weg, dem drei herrliche Pferde gehörten.

Die Versorgung dieser Tiere oblag den fünf Kolchosen, die zum Bezirk gehörten. Das hieß für diese Gäule war immer genügend Futter vorhanden und es ging diesen viel besser wie den zahlreichen hungernden Menschen in der Sowjetunion.

Der 1. Sekretär suchte nun für diese Tiere einen Pferdepfleger, und da er einen Narren an Oskar gefressen hatte, stellte er eines Tages dem Jungen die Frage: „Willst du meine Pferde versorgen?"

Für den ersten Moment war Oskar überrascht, dass ihn der 1. Sekretär deswegen ansprach. Aber er sagte ohne zu zögen zu, denn er war froh endliche eine feste Anstellung zu erhalten.

Von den drei Pferden, die er zu betreuen hatte, war Rosa das Wildeste. Es stieg bei jeder Gelegenheit mit den Vorderhufen in die Höhe oder trat beim Anspannen mit den Hinterhufen aus. Zahlreiche Narben an der Hinterhand des Tieres zeugten davon, das es einmal von einem Rudel Wölfe angegriffen wurde, sich aber seiner Haut zu wehren wusste.

Eine grausame Erfahrung für ein Pferd.

Oskar brauchte schon einige Zeit, ehe er das Vertrauen des Tieres gewann, dann fraß es ihm aber aus der Hand.

Bei jeder passenden und unpassenden Gelegenheit musste Oskar den Ersten kutschieren, dabei war es egal ob sie die nächsten landwirtschaftlichen Betriebe besuchten oder private Fahrten unternahmen.

Oftmals ging die Fahrt zur Kolchose *8. März*, dann hatte der Junge seine Wattejacke und der Sekretär einen langen Lammfellmantel an.

Und wenn dann die Fahrt dem 1. Bezirkssekretär zu langsam ging, beschimpfte er Oskar: „Was bist du für ein Kutscher?"

Ohne eine Antwort abzuwarten, griff er dann selbst zur Peitsche, schlug auf die Tiere ein, die in rasenden Galopp übergingen und der Schlitten nur so über die schneebedeckte Fläche dahin flog.

Das Ziel erreichend stieg der Sekretär von Bock, wandte sich an Oskar mit verschmitztem Unterton in der Stimme: „Hast du gesehen so wird es gemacht!“ Dann drehte er sich um und schritt Richtung des Bürogebäudes. Nachdem er bereits die Hälfte des Weges bis dahin zurückgelegt hatte, bemerkte er, dass Oskar ihm nicht folgte. Sich umdrehend rief er: „Was ist los? Wo willst du hin?“

„Zum Pferdestall, die Tiere versorgen!“

„Las das nicht deine Sorge sein!“

„Wie so?“

„Das erledigen schon andere! Komm mit!“

Da eilten auch schon die Angehörigen der Kolchose aus dem nahen Stall heran, schirrten die Pferde aus und führten die Tiere in den Pferdestall.

Wie gesagt, es war schon alles organisiert.

Beim Vorsitzenden der Kolchose gab es ausgiebig zu essen.

Milch und Brot.

Während Oskar reichlich zulangte, machte der Sekretär den Kolchosvorsitzenden noch einmal klar, wie wichtig die Erfüllung des Planes sei und das es dabei keine Abstriche geben würde.

„Wie du den Plan erfüllst, ist mir egal, hauptsächlich du erfüllst die vorgegebenen Kennziffern. Wenn nicht, dann gibt es nicht zu essen für euch und das interessiert mich dann ebenfalls nicht.“

Wie seinem Vorbild dem großen Stalin ging es dem Ersten nicht um die wirkliche Realität, sondern die unbedingte Erfüllung, der erteilten Aufträge waren maßgebend.

Als Oskar mit dem Sekretär den Hof wieder betrat, waren die Pferde bereits wieder eingespannt.

Durch die ständigen Besuche auf der Kolchose wurde der Kolchosvorsitzende auf den aufgeweckten Jungen aufmerksam und er wollte ihn unbedingt für sich gewinnen. Eines Tages wandte er sich an Oskar und sagte: „Komm zu uns, bekommst auch 50 Hektar Grund und Boden zur eigenen Bearbeitung."

„Da muss ich ja Mitglied werden und das will ich nicht."

„Warum?"

„Die Mitgliedschaft ist wie ein Gefängnis. Da kommt man nicht so ohne Weiteres wieder raus."

„Was erzählst du da für einen Quatsch?!"

„Wird überall erzählt!"

„Überleg es dir!"

Da der Kolchosvorsitzende nicht locker lies wurde ein kurzer Familienrat abgehalten und Oskar wechselte vom 1. Sekretär zur Kolchose über. Dieser bekam den Wechsel seines Kutscher erst mit, als sich eine Kontrolle aus dem fernen Nischni Nowgorod ankündigte. Er sollte die Kutsche vorbereiten und die Kommission fahren. Aber Oskar war nicht mehr da.

Seit der Stunde hatte der Stellvertreter des Ersten, der den Wechsel genehmigt hatte, kein leichtes Leben mehr und der erhielt den Auftrag den Jungen wieder zurück zu beordern. So sagte wenige Tage später der Vorsitzende der Kolchose zu Oskar: „Du musst zurück, der Erste braucht dich."

Und Oskar ging zurück. Was blieb ihm auch anderes übrig.

Der Tag der Kontrolle kam heran und alle befanden sich schon in Aufregung vor den hohen Leuten.

„Ob auch alles seinen Gang gehen würde?" stellte man sich immer wieder die Frage.

Oskar musste die Kontrolleure fahren, dazu spannte er das Pferd Rosa vor den Schlitten. Als die aus Nischni Nowgorod in den Schlitten einstiegen und sich in die Pelzdecken einhüllten, warnte er sie vorsichtshalber vor dem Temperament des Pferdes Rosa, in dem er zu diesen sagte: „Haltet euch gut fest!“

„Kann schon nicht so schlimm werden! Fahr los!“ und die hohen Herren lachten dabei.

Die Genossen mussten es ja mal wieder besser wissen, wie immer!

Rosa raste mit dem Schlitten los und die Parteigenossen im Schlitten hielten sich krampfhaft fest. Eine so rasante Fahrt hatten sie doch nicht erwartet.

In einer weitausholenden Kurve geschah dann das Unheil. Der Schlitten hob mit einer Kufe vom Schnee ab, um dann in der nächsten Schneewehe umzukippen.

Die Genossen wurden herausgeschleudert und landeten kopfüber im tiefen Schnee.

Fluchend und schimpfend rappelten sich diese wieder auf und klopften den Schnee von den Kleidern. Der Schreck war ihnen mächtig in die Glieder gefahren. Außer dem Schock, den die Parteimitglieder von dem Sturz davon getragen hatten, war diesen jedoch nichts weiter passiert.

Rosa, die den umgekippten Schlitten hinter sich her zog, konnte Oskar kaum zügeln.

Endlich hatte er es geschafft.

Unwillig schnaubend, mit den Hufen scharrend und eine durchsichtige Dunstfahne um die Nüstern stand das Pferd unruhig auf der Stelle. Um den Schlitten wieder auf die Kufen zu kippen, musste sich Oskar schon ganz schön anstrengen.

Dann kehrte er zurück.

Nur die Genossen wollten mit ihm nicht mehr mitfahren.

Dies hatte natürlich auch sein Gutes. Oskar durfte beim Kolchosnik bleiben, der ihn wie seinen eigenen Sohn behandelte.

Im Bereich der Kolchose stand eine abgebrannte Mühle, von der nur noch verkohlte Überreste die Landschaft verschandelten. Trotzdem sollte diese unter allen Bedingungen wieder aufgebaut werden.

Nach Langem hin und her machte man sich schließlich an die Arbeit. Es galt erst einmal zu überprüfen, was von der alten Mühle noch brauchbar war. Im einstigen Keller der abgebrannten Mühle fand man zwischen den angekohlten Überresten brauchbare Teile eines Motors, der große Räder besaß.

Um aber den Motor wieder auf Vordermann zu bringen, galt es diesen erst einmal aus der Grube herauszuziehen. Ein Ukrainer machte sich mit seinen Ochsen ans Werk und spannte diesen vor die Reste des Motors. Holzstämme wurden unter den schweren Block gelegt.

Angetrieben von dem Ukrainer legte sich der Ochse in die Gurte.

Zentimeter für Zentimeter rollten die Überreste des Motors auf den Stämmen, die immer wieder vor dem Block untergelegt wurden, aus der Grube.

Total verrostet war der Motor.

Vor Oskar lag jetzt viel Arbeit. Er musste den Motor auseinandernehmen und das bei dem Rost, wo alle Verbindungen recht festsaßen. Es ging darum die Teile zu säubern, bei Notwendigkeit instand zu setzen, Lager wieder gängig zu machen und Teile die nicht mehr zu gebrauchen waren von irgendwo her zu organisieren.

Eine richtige Sisyphusarbeit um den verrotteten Motor wieder in Gang zu bringen.

Und Oskar machte sich an die Arbeit.

In der Zwischenzeit wurde das Holzgeflecht der Mühle ausgebessert und mit Lehm verschmiert, fehlende Wände hochgezogen, kleine und große Löcher zugemauert und das wieder aufgebaute Gebäude mit Stroh bedeckt.

Oskar nahm den Motor vollständig auseinander, dabei durfte er nicht vergessen, wo welches Teil hingehörte. Die einzelnen Bauteile befreite er vom Rost, bis diese wieder glänzten. Stellte er eine Beschädigung fest, beseitigte er diese unter mühseliger Kleinarbeit.

Und dann kam der Zusammenbau. Als er damit fertig war, blitzte und glänzte der Motor wie ein Neuer.

Jetzt kam aber die große Frage: Würde der Motor nun auch anspringen?

Oskar startete den Motor, der dann auch sofort erste stotternde Geräusche von sich gab. Zog einige Male durch, um dann wieder zu verstummen.

„Verfluchter Mist?“ konnte Oskar nicht an sich halten.

Erneut wurde der Motor gestartet. Wieder gab er stotternde Geräusche von sich, dann es war fast nicht zu glauben sprang der Motor an wurde schneller und schneller.

Oskar hatte wirklich das Unmögliche fertiggebracht, der Motor lief wie geschmiert.

In der Mühle wurde nun Sonnenblumenöl hergestellt. Angeröstete Sonnenblumenkerne presste man mithilfe einer Walze und eines Filtersackes aus.

Gleichzeitig wurde der Motor für den Antrieb des 15-KW-Generators genutzt, der nun für die notwendige Beleuchtung sorgte.

Elektrischer Strom stand bisher bei der MTS nur für die Büros und die Ställe zur Verfügung.

Oskars Chef war von dessen Arbeit so begeistert, dass er ihm die Verantwortung für die Mühle und alles, was damit zusammenhing, übertrug.

Die Arbeitszeit für Oskar begann jetzt früh um 10.00 Uhr und endete Spätnachmittags 18.00 Uhr. Die Arbeit, die er in der Zeit leistete, wurde ihm nicht mit Geld vergütet, er erhielt dafür Naturalien in Form von Weizen. Die 20 gr., die er für jeden Tag erhielt, ergaben für ein Jahr 11 kg Weizen. Und damit konnte man schon einiges anfangen.

In der Mühle befand sich eine Wohnung, in der zwei alte Leute lebten. In der Nacht und an den Sonn- und Feiertagen, wenn die Arbeit ruhte, mussten diese in der Mühle nach dem Rechten sehen und Unberechtigten den Zutritt verwehren.

In der Lagerhalle der Mühle befand sich noch Weizen, der in der Regenzeit nass angeliefert wurde. Aber in diesem Zustand konnte er nicht verarbeitete werden. So ging man dazu über, durch flexible Rohre heiße Luft in das Getreide zu blasen.

Die heiße Luft entzog dem Getreide die Feuchtigkeit. Jetzt konnte es verarbeitet werden und aus den Körnern wurde das so dringend benötigte Mehl gemahlen.

Da, zu Oskars Tätigkeiten auch die Kontrolle der durchgeführten Arbeiten und die Überprüfung der Vollzähligkeit gehörten, benötigte er eine Rechenmaschine.

Ausgerechnet eine Rechenmaschine, mit der er bisher überhaupt noch nichts zu tun gehabt hatte.

Oskar bekam seine Rechenmaschine und nach einer kurzen Einweisung auf welcher Ebene für welche Zahlen die Kugeln hin und her geschoben werden mussten konnte er die Überprüfung der Einnahmen und Ausgaben durchführen. Und diese Arbeit nahm er sehr ernst.

Beim Wiegen wurde der Weizen in die Kästen geschüttet, die in der Mühle standen und nach der erfolgten Verarbeitung des Getreides geschah die Ausgabe des Mehls aus einer anderen Kiste.

Eine ganz normale Sache dachte Oskar.

Mit schrecken musste er jedoch feststellen, dass eine Differenz zwischen den Einnahmen und Ausgaben bestand.

Was hatte er nur falsch gemacht?

Oskar machte sich die schlimmsten Gedanken und Vorwürfe, denn für fehlenden Weizen wurde man bestraft, aber nicht für fehlendes Mehl. Er fand einfach den Fehler nicht und ihm blieb weiter nichts übrig als die fehlende Differenz den Kolchosnik zu melden.

„Jetzt muss ich wohl in den Knast?"

„Komm erst mal her und zeig mir, wie du das gemacht hast?"

Oskar erklärte den Kolchosnik das System mit den Kisten und wo die Differenz lag.

Der hörte sich die Sache genau an, schüttelte nach dem Oskar geendet hatte mit dem Kopf und sagte: „Kein Wunder, so kannst du auf keinen grünen Zweig kommen. Du wiegst alles viel zu genau. Ich zeig es dir, wie es zu machen ist."

Erleichtert ging Oskar danach wieder an die Arbeit.

Ab sofort machte Oskar jedes Mal beim Wiegen 100 bis 200 Gramm gut. Dadurch hatte er mit der Zeit einiges übrig, es waren sogar bis 40 kg.

Der Kolchosnik bezahlte die Differenz der Inventur und damit war für Oskar die unangenehme Sache aus der Welt geschafft.

Über fehlende Arbeit konnte sich die Mühlenbesatzung nicht beklagen. Tag für Tag fuhren aus den Nachbarkolchosen Fahrzeuge vor die Sonnenblumenkerne anlieferten und dafür Öl mitnehmen wollten.

Das Geschäft lief so gut, das noch vier weitere Arbeiter eingestellt werden mussten, um die anfallenden Arbeiten zeitgerecht zu erledigen.

Beim Auspressen der Sonnenblumenkerne ließ es sich nicht vermeiden, das ständig der Ölgrieß aus den überlaufenden Fässern, in die Auffangwanne lief, in denen diese standen.

Was damit anfangen?

Zum Wegschütten war, dass Übergelaufene viel zu schade und Oskar stellte Überlegungen an, wie man aus diesen Überresten einen zusätzlichen Gewinn erwirtschaften konnte.

Ab sofort wurde das übergelaufene Öl nachträglich ausgepresst. Das ergab jeden Tag vier bis fünf Liter. Im Verlaufe der Zeit kam da für die Männer in der Mühle schon ein ziemliches Sümmchen zusammen, das gerecht geteilt wurde.

Oskar hatte sich ein altes Fahrrad erhandelt, mit dem er jetzt täglich zur Arbeit fuhr.

Immer wieder kamen staatliche Kontrollgruppen, um die Arbeiten zu kontrollieren. Sie hatten eben kein Vertrauen in die einfachen Leute und führten sich dem entsprechend auf.

Besonders schlimm wurde es, wenn Leute der politischen Verwaltung des Staates zur Kontrolle kamen. Diese bildeten sich dann immer ein, das gezückte Schwert der Arbeiterklasse zu sein.

Eines Tages meldete sich wieder einmal solch eine Kontrolle durch die Partei und der Polizei an, die das Trocknen des Weizens kontrollieren wollten.

Man muss dazu sagen, dass der Chef der Polizei dabei fehlte.

Wie es nun einmal bei einer kommunistischen Planwirtschaft war, fehlte diesmal trockenes Holz zum Trocknen des Weizens, bei nassem Holz nahm der Weizen einen ungenießbaren Geruch an und konnte nicht verwertet werden.

Die Kontrollgruppe wollte aber unbedingt das Trocknen des Weizens kontrollieren. Da interessierte den Chef der Partei überhaupt nicht, dass nur nasses Holz vorhanden war. So wies er einfach kraft seiner Wassersuppe an, das nasse Holz zu verwenden.

Oskar widersprach dem Chef der Partei und machte ihn auf die finanziellen Folgen aufmerksam.

Das konnte dieser ja nun überhaupt nicht vertragen, dass ihm so ein kleiner Arbeiter widersprach und sich gegen seine Anweisungen auflehnte.

Aber die Partei hatte wie immer recht und Oskar wurde befohlen, das nasse Holz zu nehmen. Das Ende vom Lied waren zehn Tonnen versauter Weizen, der von der Annahmestelle des Bezirkes nicht angenommen wurde.

Und wer war der Dumme, Oskar.

Und dann stritt der 1. Kreissekretär es noch ab je so eine Anweisung gegeben zu haben und sagte: „Hast du es schriftlich?“

Mit einem: „Nein“ konnte Oskar nur antworten.

„Dann beweis mir das Ich es gesagt habe. Reden kann man viel, wenn der Tag lang ist.“

Auch die anderen Anwesenden wollten mit einmal davon nichts mehr wissen.

Jetzt drohte Oskar eine Gefängnisstrafe. Wie sollte er denn seine Unschuld beweisen, wenn die von der Kontrollkommission alle unter einer Decke steckten.

Zum Glück kam der Chef der Polizei, der einzige vernünftige Mensch dieser Clique, vom Bezirk zurück und wollte von Oskar wissen, was geschehen sei.

Dieser berichtete alles wahrheitsgemäß. Er erzählte ihm von der Anweisung des 1. Kreissekretärs, von der dieser jetzt nichts mehr wissen wollte.

„Du gehst in kein Gefängnis! Ich finde schon einen Weg, wie wir das in Ordnung bringen können!“

Der Polizeichef fuhr in die Stadt um sich zu erkundigen, wie das Malheur ausgebügelt werden könnte. Als er zurückkam, gab er Oskar den Rat: „Du musst den Weizen in der Sonne ausbreiten, diese zieht dann den Geruch aus den Körnern!“

Gesagt, getan.

Jetzt machte es sich bezahlt, das im Herbst immer Schüler in der Kolchose aushalfen. Da am nächsten Tag die Sonne die wärmenden Strahlen zur Erde herabschickte, breiteten die Schüler den Weizen auf dem Hof der Kolchose aus.

Kein Wölkchen zeigte sich am blauen Himmel.

Bereist in den Nachmittagsstunden war kaum noch etwas im Getreide zu riechen.

Der Polizeichef hatte recht gehabt.

Diesmal nahm das Lager in der Stadt den Weizen an und Oskar brauchte nicht ins Gefängnis, was sicherlich zehn Jahre gewesen wären.

Oskar erhielt das Angebot, in einer Konservenfabrik zu arbeiten. Nach den Problemen und den Schwierigkeiten die er in der Kolchose durchstanden hatte, nahm er natürlich das Angebot an.

Importiertes Obst aus Kuba wurde in dem Betrieb konserviert.

Aber nicht nur das wurde hergestellt, die Produktionspalette war bedeutend vielseitiger.

In Kesselwagen erfolgte die Anlieferung von 90-prozentigem Sprit, den man in Verbindung mit destilliertem Wasser und Limonen zur Herstellung von Limonen Wodka im Werk benötigte.

Auch Tomaten und Gurken wurden in Limonen Saft eingelegt.

Traubensäfte wurden abgefüllt.

Die, in einer Schicht arbeitenden 24 Mann stellten außerdem Konserven aus Kohlrollladen, Erbsen, Bohnen und anderen Gemüsearten her.

Der Chef der Truppe war ein Weib. Es war aber nicht nur irgendein Weib, diese Frau hatte Haare auf den Zähnen und wurde aufgrund ihres Verhaltens nur die Chimäre genannt.

In einer anderen Abteilung des Betriebes erfolgte die Verarbeitung von Fleischhälften. Dabei fielen Knochen an, die eigentlich keiner weiteren Verwertung zugeführt wurden. Eines Tages brauchte Oskar von diesen Knochen einige.

Was tun?

Illegal mitnehmen, auch wenn diese der Entsorgung anheimfielen, würde einem Diebstahl gleichkommen. Und wenn sie ihn dabei erwischten, konnte das seine fristlose Entlassung nach sich ziehen. Schlimmstenfalls zog er in den Knast ein.

Das konnte und wollte Oskar nicht in kauf nehmen.

Ihm blieb also nichts anderes übrig als seine persönliche Abneigung gegenüber der Chimäre zu überwinden, denn nur diese konnte die Genehmigung für die Knochen geben.

Etwas zögerlich klopfte er an die Bürotür.

„Was gibt es! Komm rein!“ ertönte eine barsche Frauenstimme.

Oskar betrat den Raum und all seinen Mut zusammennehmend antwortete er: „Ich brauche ein paar Knochen, wie sieht es aus damit?“

Ohne von ihrer Schreibarbeit aufzublicken, griff die Frau zu einem Blatt Papier, schrieb etwas darauf und reichte den Zettel Oskar: „Hier hast du deine Genehmigung. Kannst die Knochen aus der Fleischabteilung holen, da sind sie noch frisch.“

Oskar war richtig überrascht und zögerte.

Die Frau, die sein Zögern bemerkte, blickte auf und fuhr ihn an: „Noch etwas!“

„Nein!“

„Dann kannst du wieder verschwinden und an deine Arbeit gehen!“

Ein „Dankeschön“ murmelnd verließ Oskar den Raum.

Im Kühlhaus zerlegten einige Männer gerade Fleischhälften.

Oskar trug sein Anliegen vor und zeigte denen die Genehmigung von der *Chimäre.*

Ohne die Arbeiten zu unterbrechen, schaute einer der Männer auf, schnitt einen großen Fleischpatzen aus der nächsten Schweinehälfte, die an einem Haken hing, und warf sie Oskar zu.

„Ich will doch nur Knochen“ kam es erstaunt über dessen Lippen.

„Frage nicht so lange. Da ist Papier, nimm es und wickle es ein. Und dort das Fenster, da kannst du das Fleisch raus schmeißen. Beeile dich aber mit dem holen, sonst fressen es die die Hunde auf.“

Oskar ließ sich nicht lange bitten, wickelte das Fleisch ein und warf es durch das Fenster. Anschließend wickelte er noch seine Knochen ein, verließ den Kühlraum und ging am Arbeitsplatz der Schimäre vorbei.

Die Tür stand offen.

Als diese Oskar bemerkte, blickte sie kurz von ihrem Arbeitsplatz auf und überraschte ihn schon wieder, aber diesmal mit der Bemerkung und einem verschmitzten Lächeln um den Mundwinkel: „Beeile dich, sonst haben die Hunde dein Fleisch gefressen.“

Die *Chimäre* war doch nicht so schlimm, wie alle immer taten.

In der Zeit, in der Oskar in diesem Betrieb arbeitete, und das waren 12 Jahre, heiratete er und seine Kinder wurden geboren.

Von seinem Verdienst, den 120 Rubel gingen jeweils 40 Rubel für die Miete der Kinder drauf, die höhere Schulen besuchten. So blieben nur noch 40 Rubel zum Leben übrig. Und dies war wenig, wenn man bedenkt, dass an den Wochenenden, wo die Kinder heimkamen, denen immer noch etwas zugesteckt wurde.

Welche Eltern taten das nicht?

Um seine Fertigkeiten beim Schweißen zu verbessern, organisierte Oskar einen Gerätewagen auf dem sich der Trafo und das notwendige Zubehör befand. Mit dem Fahrzeug fuhr er in den nahen Wald. Hier übte er an alten Teilen stundenlang das Schweißen, bis er auch die schwierigste Schweißnaht zustande brachte.

Mit dem Gerätewagen fuhr er, wenn es sich ergab, die Frau vom Magazin nach Hause. Diese zeigte sich dafür erkenntlich. Oskar bekam von der Frau für die Gefälligkeit Konserven, in denen sich die unterschiedlichsten Speisen befanden.

Eine Aufbesserung des täglichen Speiseplanes für die Familie.

Das Auto rollte holpernd über die gelbfarbene Landstraße, die mit kleinen Steinen übersät war. Hin und wieder ging es durch eine vom letzten Regenguss übrig geblieben Pfütze oder ein Schlagloch.

Da wurden die Beiden im Führerhaus jedes Mal so richtig durchgeschüttelt. So waren nun einmal Russlands Straßen.

Buschgruppen und einzeln stehende Birken säumten den Weg. Von der Ferne leuchteten die schneebedeckten Gipfel des Altaigebirges herüber.

Die Fahrt dauerte nicht mal eine halbe Stunde, aber zu Fuß wären es schon einige Kilometer gewesen. Die Frau hielt es eben mit dem Sprichwort: Lieber schlecht gefahren als gut gelaufen.

Im Ort machte sich die Politik der Regierung bemerkbar. Eines Tages steckte man die Bauplätze für neue Häuser ab. Baubetriebe rückten an und zogen ein Haus aus Stein nach dem anderen hoch.

Aber wie überall suchte man auch hier Spezialisten, besonders für den Einbau der Heizungen in den fertiggestellten Gebäuden.

Das war für Oskar die willkommene Gelegenheit seine Schweißkünste an den Mann zu bringen. Schnell war er sich mit den Eigentümern der Häuser handelseinig.

Die Bauherren besorgten das notwendige Material, wo auch immer her und Oskar installierte in den 23 Gebäuden die Heizkörper und das gesamte Leitungssystem. Für jeden eingebauten Heizkörper bekam er eine bestimmte Summe ausgezahlt, die lag ungefähr bei 35 Rubel.

Oskars Tochter, die sehr gute Leistungen in der Schule zeigte, was sich auch in den Zeugnissen widerspiegelte, wollte unbedingt studieren. Trotz der sehr guten Schulergebnisse hatte sie Schwierigkeiten bei der Zulassung zum Studium.

Beim Vorstellungsgespräch erhielt sie eine Absage, sie war ja auch nur die Tochter eines Wolgadeutschen und was noch viel schlimmer war sie besaß keine Beziehungen.

Oskar, der zu dieser Zeit bei der schnellen medizinischen Hilfe arbeitete, riet seiner Tochter erst einmal den Beruf einer Sekretärin zu erlernen. Alles Weitere würde sich dann schon finden.

Sie nahm den gut gemeinten Rat des Vaters an.

Eines Tages, Oskar brauchte nicht zu arbeiten, fuhr er in die Stadt, um die Tochter zu besuchen. Sein erster Weg führte ihn in die Berufsschule. Aber das Mädchen war hier nirgends zu finden.

Keine Wunder das sich Oskar Gedanken machte und zum Sekretariat der Schule ging.

Sein Klopfen an der Tür wurde mit einem lauten „Herein“ beantwortet.

Hinter einer Schreibmaschine saß eine junge Frau, die nach seinen Begehren frug.

Oskar stellte sich vor und wollte dann wissen: „Wo ist meine Tochter?“

„Hat ihnen ihre Tochter nichts gesagt?“

„Nein!“

„Ein Oberstleutnant von der nahen Garnison war hier, der brauchte auf der Stelle eine Sekretärin. Da ihre Tochter, die beste ist, hat er sie gleich mitgenommen.“

Überrascht, aber hocherfreut verließ Oskar das Gebäude der Berufsschule.

Seitdem arbeitete das Mädchen im Stab des Truppenteiles sogar an Dokumenten, die der Geheimen Verschlusssache unterlagen. Als Geheimnisträger war sie natürlich verpflichtet, aus Sicherheitsgründen eine Pistole zu tragen. Dies setzte den sicheren Umgang mit der Waffe voraus.

Bei einem weiteren Besuch Oskars kam die Tochter gerade von dem wöchentlichen Schießtraining.

Nebenbei fertigte die junge Frau, für ein im benachbarten Gebäude liegendes Ministerium Schreibarbeiten und Berichte an das Kreissekretariat der Partei und andere staatliche Organe an. Ungewohnt für die staatlichen Organe war, das die Schreibarbeiten, wie sonst, keinerlei Fehler enthielten. Bei Nachfragen erfuhren diese, wer die Schreiberin war.

Sofort wollte das Ministerium, die auch noch für die Universitäten verantwortlich war, die junge Frau als Sekretärin einstellen, obwohl diese erst gerade Mal zwei Monate im Stab des Truppenteils arbeitete.

Ohne Langes hin und her setzte sie sich mit dem Vater in Verbindung und schilderte ihm die Situation. Es brauchte schon einige Überredungskünste von Oskar um die Tochter zu überzeugen: „Du musst den Bock bei den Hörnern packen!“

Die Tochter entschied sich für die Kündigung. Die Tante, die die Kündigung schrieb, gab als Grund den Umzug in eine andere Stadt an.

Gewissenhaft wie im Stab des Truppenteils erledigt die Tochter auch hier die gestellten Aufgaben. So wurde der Verantwortliche des Ministeriums auf Oskars Tochter aufmerksam.

Er bestellte sie zu sich. In der folgenden Unterhaltung berichtete sie dem Verantwortlichen von dem Wunsch an der Universität zu studieren und das sie bisher wenig Erfolg mit ihren Bewerbungen hatte.

Nach der Äußerung: „Das kann, doch nicht sein. Du bist doch so ein tüchtiges Mädchen. Ich kläre das!“ durfte Oskars Tochter wieder gehen.

Noch keine Woche war vergangen, da erhielt sie ein Empfehlungsschreiben, mit dem sie sich bei der Prüfungskommission erneut melden sollte.

Alles war wie vorher nur diesmal erhielt das Mädchen keine Ablehnung. Sie wurde zum Studium zugelassen.

Beziehungen waren eben alles.

Da Oskar nichts gelernt hatte und somit ein sogenannter *Schwarzarbeiter* war, hatte sich der Kolchoschef in den Kopf gesetzt, ihn zu einem Mechaniker zu qualifizieren. Dafür musste er aber erst als Traktorist und als Maschinist für die Dreschmaschine ausgebildet werden und durfte dann auch auf der MTS arbeiten.

Mit sieben weiteren Lehrgangsteilnehmern fuhr Oskar in die 100 Kilometer entfernte Stadt. Hier erhielten sie zwar Zimmer für ihre Unterbringung, nur waren die Zimmer leer. So suchte sich Oskar ein eigenes Quartier und das war möbliert.

Es kam der Tag der Aufnahmeprüfung und Oskar musste sich beim Direktor der Schule melden. Kaum hatte er platz genommen eröffnete dieser ihm die unangenehme Neuigkeit: „Ich kann dich zur Prüfung nicht zulassen, denn du hast nur einen zwei Klassen Abschluss und solche Leute können wir hier nicht gebrauchen“.

Für einen Moment war Oskar sprachlos, so war ihm der Schreck in die Glieder gefahren.

Es halfen auch keine Überredungskünste, der Direktor blieb in seinem Entschluss hart.

Was tun?

Oskar fiel nichts weiter ein als seinen Chef anzurufen und teilte diesem mit: „Ich werde nicht angenommen, komme wieder nach Hause.“

„Das wollen wir doch erst einmal sehen. Du bleibst, ich komme!“

Bild 13: Einsatz von Dreschmaschinen beim Einbringen der Ernte.

Der Chef rückte mit dem Fleisch eines Schafes und einem Sack Weizen an.

Er verschwand im Zimmer des Schulleiters.

Nach kurzer Zeit wurde Oskar gerufen. Neben dem Direktor saß mit einem verschmitzten Lächeln auf dem Gesicht sein Chef.

Mit ernster Miene hob der Schulleiter zu sprechen an: „Sie dürfen am Lehrgang teilnehmen. Aber ich behalte mir vor, ihre Leistungen jeden Monat persönlich zu kontrollieren. Wenn du schlechte Ergebnisse erzielst, dann fliegst du! Haben wir uns verstanden?“ Bei seiner Ansage war der Schulleiter vom förmlichen „Sie“ zum vertrauten „Du“ übergegangen.

„Da brauchen sie sich keine Sorgen machen“, mischte sich der Chef ein.

„Das will ich nicht von ihnen wissen. Ich will nur wissen, ob ihr Mitarbeiter es verstanden hat.“

Bild 14: Eines der üblichen Propagandabilder des diktatorischen Politikers und sowjetischen Staatsmannes Josif Wissarionowitsch Stalin.

Schmunzelnd antwortete Oskar: „Jawohl! Ich habe sie verstanden. Und das verspreche ich ihnen, ich werde ihnen keine Gelegenheit bieten mich von der Schule zu werfen“.

„Hoffentlich!“

Mit sich und der Welt zufrieden verließ Oskar gemeinsam mit seinem Chef das Zimmer des Lehrgangleiters.

Und Oskar schloss als Bester die Schulung ab.

Zu diesem Zeitpunkt mussten die deportierten Wolgadeutschen in ihren Verbannungsorten sich immer noch regelmäßig bei den Kommandanten des Innenkommissariats den sie unterstanden melden. Und diese Meldung war wieder einmal fällig.

Das Dekret des Obersten Sowjets vom 26.11.1948 hatte die Verbannung der Russland-Deutschen auf ewige Zeiten festgeschrieben. Das Verlassen der Ansiedlungen ohne Sondergenehmigung wurde mit Zwangsarbeit bis zu 20 Jahren bedroht.

Bild 15: Diese Briefmarke Josef Stalins wurde aus Anlass seines Todes von der DDR herausgebracht (1953).

Erst nach dem der großer Führer Josef Wissarionowitsch Stalin an einem Schlaganfall gestorben war veränderte sich die Situation. Mit dem Beginn der Ära Chrustschows wurde dann am 13. Dezember 1955 die Sonderaufsicht der Organe des Innenministeriums über die Deutschen aufgehoben.

Da Oskar, der das Gebiet nicht verlassen durfte, aber nach Hause wollte, meldete er sich deswegen auf der Dienststelle. Der Chef der Polizei, der Oskars Großvater gut kannte, gab ihm und seine Arbeitskollegen die Genehmigung zur Heimfahrt.

Выдано 25-марта 1954 г.

Личная подпись

Действительно по 31-декабря 1954 г. только на территории Кировского-Ленинского района, Красноярского края.

МВД СССР

УМВД по Красноярскому краю

УДОСТОВЕРЕНИЕ № 649

Эккерт Владимир Корнеевич

(фамилия, имя и отчество)

1910 г.

год рождения

Владельцу настоящего удостоверения разрешено проживать в Ленинском р-не

Нач. Ленинского

Bild 16: Sondersiedlerausweis des bekannten Pädagogen und Literaturwissenschaftler Woldemar Ekkert (1910-1991), wo es feststeht, dass er in der Stadt Krasnojarsk noch im Jahre 1954 – er war bereits als Dozent an der ordentlichen Pädagogischen Hochschule tätig – nur in einem bestimmten Stadtteil wohnen und sich bewegen durfte.

Aber wie nach Hause kommen. Es stand kein Fahrzeug zur Verfügung und eine andere Fahrgelegenheit gab es auch nicht. So blieb den Männern nichts anderes übrig sich zu Fuß auf den Weg zu machen.

Hundert Kilometer galt es zurückzulegen.

Nach den ersten zehn Kilometern hatten die ersten bereits Blasen an den Füßen, die bei weiteren Kilometern aufgingen und blutige Füße verursachten.

Alle Bemühungen ein Fahrzeug anzuhalten, scheiterten. Selbst das Entgegenstellen vor die Fahrzeuge half nicht. Im Gegenteil die Männer auf Schusters Rappen wurden noch beschimpft, dabei waren solche Ausdrücke wie: „Halunken! ... Wegelagerer! ...“, noch das Geringste.

Endlich hatte ein Kutscher Einsehen mit den müden Kriegern der Landstraße. Er hielt an und sprach zu den Männern: „Nun sitzt schon auf“.

Da die Wegstrecke an einem Tag nicht zu schaffen war, übernachtete die Truppe in einer alten Scheune, in der ebenfalls ein Kutscher Unterschlupf gefunden hatte. Dieser nahm die Männer am nächsten Tag auf seinem Wagen mit.

Nach der erfolgreich bestandenen Prüfung sollte Oskar jetzt auf der MTS unter der Aufsicht eines anderen als Traktorist arbeiten. Dies behagte ihm überhaupt nicht. Er wollte es einfach nicht und brachte das auch zum Ausdruck.

Die Kolchose hatte eine Fläche von 30.000 Hektar zu bewirtschaften und da war es notwendig, das die zur Verfügung stehende Erntetechnik immer einsatzbereit war. So machte Oskar den Vorschlag: „Ich mache die Schrott Dreschmaschine im Stall wieder flott!“

„Na, dann mach mal“, erhielt er als Antwort und wurde insgeheim belächelt. Bereits andere hatten sich an der Technik versucht und das ohne sichtbaren Erfolg.

Oskar von sich überzeugt, dass er die Erntetechnik wieder auf Vordermann bringen würde, und machte sich an die Arbeit. In einer baufälligen Scheune fand er einen alten, verstaubten Studebaker, der zu nichts mehr zu gebrauchen war. Diesen baute er auseinander und nutze die Teile zum Ausbessern des Rahmens der Dreschmaschine, der an drei Stellen gebrochen war. Jetzt kam ihm sein Schweißtraining ein erneutes Mal zugute.

Ölverschmiert baute er anschließend den Motor der Dreschmaschine auseinander, überprüfte jedes Teil, setzte es bei Notwendigkeit instand und baute es wieder ein.

Zu aller Zufriedenheit lief zur Erntezeit die Dreschmaschine und das war auch gut so, denn es standen nur 20 Tage Zeit zur Verfügung, um die Ernte unter Dach und Fach zu bringen. In der Regel hielt die Schönwetterperiode nicht länger an.

Und nach den 20 Tagen war die Arbeit, ohne große Anstrengungen geschafft. Zu den 35-Pud-Weißen für die geleistete Arbeit gab es dieses Mal noch eine Prämie von 33-Pud-Weißen dazu.

Im nächsten Jahr erhielt die Kolchose zur Erntezeit Hilfe vom Bezirk, dafür sollte Oskar aber in einen anderen Bezirk, um dort einen Mähdrescher zu fahren.

Oskar lehnte dies rundweg ab, denn er hatte begonnen, sich ein Häuschen zu bauen und warum sollte er nicht hier in seiner Kolchose einen Mähdrescher fahren?

Nach langer Diskussion bekam er dann doch noch einen alten Mähdrescher und erhielt die Aufgabe in der geforderten Zeit eine Fläche von 780 Hektar abzuernten.

Kein Problem für Oskar.

Im darauffolgenden Jahr erhielt die Kolchose neue Mähdrescher. Oskar durfte sich sogar einen aussuchen, auf dem er mit Kreide ganz groß schrieb: Oskar Wagner.

Obwohl der Mähdrescher neu war, nahm sich Oskar den Motor vor, um aus ihm die volle Leistung herauszukitzeln.

So wie immer wurde auch dieses Jahr mit Beginn der Ernte zum Wettbewerb aufgerufen. Das hatte Oskar schon geahnt, denn nicht umsonst hatte er sich mit dem Motor des neuen Mähdreschers beschäftigt. Als Gehilfen nahm er sich einen Armeeangehörigen der Heiraten wollte. Er wusste dieser Mann war zuverlässig und der richtige Schmiermaxe.

Und dann ging der Wettbewerb los.

Auf den riesen großen Flächen der Felder wurde Tag und Nacht gearbeitet. Ständig schwebte eine Staubfahne über den goldgelben Getreideflächen. Aufgewirbelt von den zahlreichen Mähdreschern, die ihre Bahn auf den abzuerntenden Feldern zogen.

Unerträglich flimmerte zur Mittagszeit die heiße Luft und trieb den Schweiß aus allen Poren. Und abends brannte die Sonne immer noch heiß vom blauen Himmel herab.

Sonne, Staub und Durst wurden bei der Arbeit zu einer richtigen Plage.

Des Nachts, in der es keine wesentliche Abkühlung gab, rissen die zwei Scheinwerfer der Mähdrescher mit ihrem hellen Schein das vor ihnen liegende Getreidefeld aus der Dunkelheit.

Nicht nur das Mähen, sondern auch das Dreschen des Getreides ließ die Staubwolke dichter und dichter werden. Sie drang durch die Kleidung bis auf die Haut. Total verstaubt und mit juckendem Fell wurden die Schichten jedes Mal beendet.

Der aufgewirbelte Staub drang durch alle Ritze und Spalten. Unangenehm knirschte er zwischen den Zähnen und verursachte ein pieken auf der Haut. Richtig entstellt sahen nach Schichtschluss die Gesichter der Männer aus, die mit einer dunkelgrauen Staubmaske überzogen waren.

Eine Unterbrechung der Arbeit gab es nur bei starkem Regenwetter.

Immer wieder musste beim Strohdreschen nachgeholfen werden, weil die Motoren nicht die benötigte Leistung brachten.

Nur bei Oskar war dies nicht notwendig. Gleichmäßig brummend zog sein Mähdrescher eine Bahn nach der anderen. Nicht einmal begann der frisierte Motor zu stottern.

Was war das Ende vom Liede? Nach der Ernte sollte Oskar alle Mähdresche auf die gleiche Leistung trimmen, wie seinen eigenen.

„Gut ich mache das. Aber nur, wenn ich mein eigener Chef dabei sein darf", antwortete er.

„Einverstanden! Du darfst auch noch die Leute selber aussuchen, die du brauchst!"

Und nicht nur das!

Unter der Bedingung, dass die anderen Mähdrescher dann die gleiche Leistung brachten, wie sein eigener, durfte er alles machen.

Und dann kam die Zeit, wo Oskar ohne lästige Abmeldung beim Innenkommissariat wieder überall in der Sowjetunion hinfahren konnte, nur nicht dorthin, wo er hergekommen war, an die Wolga. Nicht nur Oskar durfte dies, sondern alle einst deportierten Russlanddeutschen.

Der Grund hierfür, war der Staatsbesuch Konrad Adenauers 1955 der bewirkte, das die Russlanddeutschen im Rahmen des Chrustschowschen Tauwetters 1956 amnestiert wurden.

Oskar nahm sich die Motoren der Mähdrescher vor.

Ein eingesetzter Kontrolleur erhielt den Auftrag, Oskars Arbeit zu kontrollieren und das erreichte Ergebnis zu überprüfen. Nach der erfolgreichen Abnahme eines jeden Motors kam dann seine Unterschrift auf das Prüfungsprotokoll. Auf der Grundlage der unterschriebenen Prüfungsprotokolle bekam Oskar sein Geld.

Eines Tages legte Oskar dem Kontrolleur wieder eine Kontrollkarte zur Unterschrift für einen Motor vor. Aber dieser wollte das erreichte Ergebnis durch die Verweigerung seiner Unterschrift diesmal nicht bestätigen.

„Was soll das?“, fuhr in Oskar aufgebracht an.

Da Oskar keine Antwort erhielt, war es ihm schleierhaft, was der Kontrolleur hatte, denn der Motor brachte, statt seinen 54 PS jetzt sogar 57 PS.

Kurze Zeit später sollte ihm das jedoch klar werden. Er erfuhr, dass der Kontrolleur, ein Russe auf die Stellung Oskars in der Kolchose neidisch war.

Bild 17: Bundeskanzler Adenauer kämpfte während seines Moskauer Besuches um die Freilassung deutscher Kriegsgefangenen und der deportierten Russlanddeutschen (September 1955).

Oskar blieb nichts anderes übrig als sich zu beschweren und er bekam recht.

Es wurde ein junger Ingenieur als Kontrolleur angesetzt. Mit diesem hatte Oskar keine Probleme, er unterschrieb die Kontrollkarten.

Und es ergab sich, das eines Tages der alte Kontrolleur einen Motor brachte, der nicht richtig zog. Er wollte von

Oskar wissen: „Warum bringt der Motor nicht seine Leistung? Kannst du mit helfen?“

Oskar dachte, so kommst du mir nicht mein Freund, zuckte mit den Schultern und sagte: „Weis ich doch nicht? Mach doch, was du willst“.

„Komm hilf mir doch! Es ist doch nicht nur für mich, sondern für die Kolchose!“

„Na und ist das mein Problem? Nein, es ist dein Problem.“

Oskar lies sich dann doch überreden und brachte den Motor auf Vordermann, der dann 56 PS erreichte.

Sofort wollte der alte Kontrolleur wissen: „Wie hast du das gemacht?“

„Das ist geheim“, antwortete Oskar schmunzelnd und dachte, wenn der wüsste, dass ich nur die Zündung verstellt habe.

Die Kontrolleure wechselten, wie neue Hemden. Es kam schon wieder ein neuer Kontrolleur, diesmal direkt von der Schule. Ein arroganter Schnösel, der dachte, dass er sich profilieren müsste. So suchte er nach jedem Mangel, jeder Unzulänglichkeit, nach jeder Ungereimtheit und nach jeder Gelegenheit den Mitarbeitern eine reinzuwürgen, um nicht zu sagen diese anzuschwärzen. Dieser Mensch hielt es wirklich mit dem Sprichwort: Herr Lehrer ich weiß was?

Und das, das manchmal recht unangenehme Folgen für die Mitarbeiter hatte stand dabei außer Frage.

So wurde er der Liebling der ganzen Kolchose.

Oskar schrieb nicht ohne Grund auf seinen Arbeitsnachweis mehr auf, als er gemacht hatte. Den Arbeitsnachweis legte er wie immer dem neuen Kontrolleur vor. Dieser studierte diesen von allen Seiten und stellte natürlich die Unstimmigkeit von neu eingebauten Teilen zur dazu verwendeten Arbeitszeit fest.

„Das kann ich nicht bestätigen“ und ohne eine Antwort Oskars abzuwarten, lief er zum Chef und berichtete diesen ohne die Hintergründe zu kennen: „Der Wagner betrügt den Staat!“

Als Erstes wurde Oskar, das bereits bei anderen Motoren ausgezahlte Geld wieder abgezogen und er musste zur Aussprache antanzen.

„Wie so hast du mehr geschrieben?“ war gleich die erste Frage.

„Willst du den Staat bescheißen?“

„Dafür kommst du ins Gefängnis!“

Von allen Seiten wurde auf ihn eingeredet.

„Wie so hast du das gemacht?“

„Halt ..., halt ...! Es ist alles rechtens. Ich kann es euch beweisen. Kommt mit in die Werkstatt, ich zeige es euch!“

„Da sind wir aber gespannt!“

In der Werkstatt angekommen, erläuterte Oskar den Anwesenden: „Seht, wenn ich den Motor auseinandernehme, alles sauber mache und wieder mit den alten Teilen zusammenbaue, habe ich die gleiche Arbeit gemacht, als wenn ich ein neues Teil genommen hätte. Im Gegenteil ich habe noch Material gespart!“

Erstaunt, aber auch beschämt sahen sich die Männer an.

„Soll ich etwa dafür, das ich teure Kosten für neue Teile eingespart habe auch noch bestraft werden. Für mich wäre es einfacher gewesen, wenn ich die Alten in den Schrott geworfen hätte.“

„Du hast recht“. Und an den Kontrolleur sich wendend: „Das nächste Mal überprüfst du erst die Hintergründe, ehe du hier so einen Aufriss veranstaltest, und ohne Grund rechtschaffende Leute verdächtigst! Haben wir uns verstanden?“

„Ja!“ kam es etwas zaghaft über dessen Lippen.

Oskar bekam das abgezogene Geld nachgezahlt und der neue Kontrolleur war der Dumme.

Wieder einmal hatte ein Motor seine Mucken. Er lief geraume Zeit und geriet dann ins Stottern, um dann ganz stehen zu bleiben. Ließ man diesen, nach einer Stunde wieder an, lief er ganz normal, bis er wieder ins Stottern geriet und stehen blieb.

Bild18: Die unendliche Weite der Wolgasteppe.

Dies wiederholte sich immer und immer wieder, obwohl der neue Kontrolleur den Motor gründlich untersuchte. Er wusste sich keinen Rat mehr und so blieb ihm nichts anders übrig als Oskar um Hilfe zu bitten.

„Kannst du mal, den Motor überprüfen. Ich weiß mir keinen Rat mehr."

„Ach jetzt bin ich wohl gut für dich!"

Betreten schaute der Kontrolleur vor sich hin.

Oskar schaute sich den Motor an, konnte aber auch nicht die Ursache für das seltsame Verhalten des Motors finden.

„Kann dir jetzt nicht helfen, muss mir den Motor morgen mal genau ansehen!“

Die folgende Nacht konnte Oskar nicht richtig schlafen. Er wälzte sich im Bett von einer Seite auf die andere und zerbrach sich den Kopf, wo der Fehler nur liegen konnte. Der Fehler musste doch zu finden sein. Es ließ ihm einfach keine Ruhe.

Am nächsten Tag besorgte sich Oskar eine Lupe. Er untersuchte damit Millimeter für Millimeter die ausgebauten Teile. Bei der Kurbelwelle stutzte er, deutlich zeichnete sich unter der Lupe ein feiner Haarriss ab. Das konnte nur die Ursache sein, denn nach dem Starten des Motors wurde nach kurzer Zeit das Teil der Kurbelwelle heiß, der Haarriss vergrößerte sich und der Motor begann zu streiken.

„Die Welle muss raus“, wandte sich Oskar an den Kontrolleur, dabei versteckte er die Lupe in seiner Hosentasche.

„Die Welle ist in Ordnung!“

„Nichts ist in Ordnung! Komm ich zeige es dir!“

Oskar nahm die Lupe aus der Tasche und zeiget dem staunenden Kontrolleur den Schaden.

„Du bist ein Fuchs!“

Oskar erhielt für seine ausgezeichnete Arbeit eine Prämie nach der anderen, wurde schließlich als Kontrolleur eingesetzt und sollte später als Mechaniker für die Kolchose arbeiten. Da hätte er Ingenieur werden müssen. Aber als eingefuchster Praktiker hatte er wenig mit der Theorie im Sinn und er lehnte ab.

Eines Tages, Oskar wusste gar nicht, wie er zu dieser Ehre kam, lud ihn der Parteisekretär zu einem Angelausflug an den nahegelegenen See ein. Dieser lag in einem idyllisch liegenden Waldgebiet. Eine Lichtung, von dichten Bäumen umstanden reichte bis an das klare Wasser heran.

Die Männer setzten sich ins Auto und fuhren über die staubige Landstraße, über schattige Waldwege zu dem kreisrunden See, in dessen Wasserfläche sich die funkelnden Sonnenstrahlen widerspiegelten und sich zahlreiche Fische tummelten.

Es war herrliches Wetter, wie gemacht zum Angeln.

Im Schatten der Bäume, die bis an das Ufer wuchsen, ließen sie sich nieder und warfen ihre Angeln aus.

„Hier können wir von der Arbeit mal ausspannen und uns erholen, Oskar“.

Der Parteisekretär holte eine Flasche Wodka aus seinem Gepäck und sprach: „Komm lass uns anstoßen!“

Bald war der Schnaps alle und Oskar erhielt den Auftrag: „Wir brauchen noch was zum Trinken! Kannst du noch eine Flasche Wodka besorgen? Ich bezahle auch morgen gleich die Rechnung!“

„Kein Problem!“

Oskar setzte sich in das Auto und fuhr in den nächsten Ort, wo er wusste, dass es Alkohol zu kaufen gab. Als er zurückkam, saß der Parteisekretär schnarchend im kühlen Schatten des nächsten Baumes.

Die Angeln waren sich selbst überlassen.

„He, aufwachen! Nachschub ist da!“

„Was ist?“ schreckte der Parteisekretär auf, der für einen Moment nicht wusste, was los war.

Die Flasche Wodka wurde noch geköpft, und bevor diese nicht leer war, ging es keineswegs nach Hause zurück.

Mit der Ära Chrustschows begann im großen Stile der Anbau von Mais in weiten Teilen der Sowjetunion besonders in den Gebieten, wo es wenig Wasser gab, aber ein tropisches Klima herrschte. In der Zeitung der Prawda, wie man auch das Zentralorgan der KPdSU nannte, wurden für die erreichten Ernteergebnisse Prämien ausgeschrieben, so sollte es für 600 kg einen Fernseher, für 800 kg ein Motorrad und für 1.000 kg ein Auto geben. Bedingung war jedoch, der diese

Prämie erhielt, mussten den Mais selbst gesät, gepflegt und geerntet haben.

Das zu erreichende Ernteergebnis verlangte aber eine akkurate Aussaat des Saatgutes. In Quadraten bestimmten Ausmaßes mussten die Samenkörner verlegt werden. Und Oskar überlegte, wie er die Forderungen konkret einhalten und sich dabei gleichzeitig die Arbeit erleichtern konnte.

Er konstruierte sich Hilfsmittel, die er für die konkrete Festlegung der Stellen für die Einbringung des Saatgutes nutzte.

Das war gut, denn selbst bei der Unkrautbeseitigung, die Oskar nur bei der größten Hitze durchführte, bekam er keine Probleme. Da hingen die Blätter schlaff an den Stängel herab und brachen nicht ab.

Die Erntezeit kam heran und Oskars Maisfeld war prächtige gediehen.

Zur Überprüfung der erreichten Ergebnisse fuhr eine Kommission durch das Land. An verschiedenen Stellen des Feldes wurden entsprechende Proben genommen und nach einer Hochrechnung das Ergebnis bestimmt.

Das Ergebnis, dass Oskar erreichte lag bei 1.250 kg, und das war weit mehr, wie in der Prawda für ein Auto gefordert.

Das erreichte ausgezeichnete Ergebnis nutzte die staatliche politische Verwaltung sofort für ihre Propagandazwecke. Oskar wurde fotografiert und in der Bezirkspresse erschien ein Artikel unter der Überschrift: Wagner bekommt ein Auto. Im Bericht wurden die durch ihn erreichten Ergebnisse lobend hervorgehoben und er als leuchtendes Beispiel für die anderen dargestellt.

Für die Anforderung des Autos musste sich Oskar bei dem vom Staat eingesetzten Verantwortlichen melden. Hier unterschrieb er, der übliche Bürokratismus, vier Exemplare. Von den Exemplaren erhielt er jedoch keins.

Wie es in einem Staat üblich war, der angeblich den Kommunismus aufbaute, wurde Oskar als Instrukteur eingesetzt um den anderen zu zeigen, wie er zu dem Ergebnis bei der Anpflanzung von Mais gekommen war.

Ungeduldig wartete Oskar die ganze Zeit auf seine ausgeschriebene Prämie, das Auto.

Dann war es soweit. Der Chauffeur des 1. Kreissekretärs holte ihn mit dem Dienstwagen ab und die Fahrt führte in die Hauptstadt des Altaiskij Krai nach Bernaul. Bernaul eine Industriestadt, mit vielerorts dominierenden Betonbauten, halb fertige Investruinen lagen am Fluss Ob. Vor dem Klubhaus hing ganz groß ein Porträt von Oskar und kündete von der gezeigten Leistung.

Kommunistische Propaganda, wie das riesige Mosaik mit dem Bildnis Lenins der vor marschierenden Arbeitern eine Rede hält, das ein Haus in Bernaul ziert.

Bild 19: Blick auf Bernaul (ältere Ansicht).

Als Oskar den bis auf den letzten Platz gefüllten Saal des Kulturhauses betrat, standen die Anwesenden auf und empfingen ihn mit einem riesigen Beifall, der erst abebbte als er die Bühne betrat.

Nach seiner Begrüßung musste er an das Rednerpult treten und den Anwesenden noch einmal erläutern, wie er die Leistungen erzielen konnte.

Oskar glaubte nicht richtig zu hören, als der Versammlungsleiter dann verkündete: „Oskar Wagner erhält für die gezeigten Leistungen ein Essservice für 12 Personen."

„Das kann doch nicht sein! Wo ist mein Auto" wandte sich Oskar lautstark an den Verantwortlichen.

Unruhe entstand unter den Anwesenden, die mitbekamen, dass da etwas nicht stimmte.

Zwischenrufe wurden laut, wie: „Gebt dem Wagner sein Auto!"

Wie sollte es auch anders sein, korrupte Parteifunktionäre hatten Oskar übers Ohr gehauen und nicht Wort gehalten. Wieder ein Beweis dafür, was das Wort der Partei in der Sowjetunion wert war.

„Dass lasse ich mir nicht gefallen!" Oskar verließ wutentbrannt den Saal und setzt mithilfe einer Landsmännin eine Beschwerde an das Zentralkomitee der KPdSU nach Moskau auf.

Und es war kaum zu glauben Oskar bekam Antwort vom Zentralkomitee aus Moskau, die ihn auf keine Weise befriedigte.

Die Moskauer schrieben, dass für seinen Fall keine Akten anhängig wären und wo keine Akten sind, da gäbe es auch nichts zu klären. Jetzt war Oskar klar, warum er von den vier unterschriebenen Dokumenten keines erhalten hatte. Sie wollten ihn von Anfang an betrügen und er konnte im Nachhinein nicht mehr beweisen, je einen Antrag für ein Auto ausgefüllt zu haben.

Auch der Hinweis auf die Veröffentlichungen des Artikels in der Prawda und in der Bezirkspresse brachte nicht den gewünschten Erfolg.

Oskar kam gegen die korrupten Parteifunktionäre einfach nicht an, die sich sicherlich das Auto in die eigene Tasche gesteckt hatten.

Aus anderen Gebieten reisten Kommissionen an, um von den Erfahrungen Oskars zu profitieren. Sie kamen nicht nur aus dem Kreis, sondern auch aus anderen Bezirken des Landes.

Eines Tages befand sich unter den Kommissionen auch eine Kolonne von vier schwarzen Limousinen, die vom 1. Kreissekretär begleitet, wurde.

Oskar hinterließ nach seinen Erläuterungen bei dem Leiter der Gruppe einen nachhaltigen Eindruck und der fragte ihn am Ende des Erfahrungsaustausches: „Was hast du für einen Wunsch? Was kannst du gebrauchen?“

„Ein Motorrad möchte ich kaufen“, kam wie aus der Pistole geschossen die Antwort.

„Wieso hast du noch kein Motorrad?“

„Es gibt keine?“

Der Leiter der Kommission wandte sich an den 1. Kreissekretär: „Stimmt das?“

„Das stimmt bei uns gibt es keine Motorräder!“

Der Leiter der Kommission drehte sich wieder Oskar zu und sprach: „Du bekommst dein Motorrad. Ich schicke dir eins aus meinem Kontingent!“ An den 1. Sekretär gewandt setzte er fort: „Und du sorgst mir dafür, dass er es auch bekommt. Haben wir uns verstanden!“

„Alles klar. Er bekommt sein Motorrad!“

Oskar erhielt von dem Leiter der Kommission noch dessen Telefonnummer mit dem Hinweis: „Du rufst mich an, wenn es Probleme geben sollte!“

Die Zeit verging.

Es wurde September, Oktober und für den nahenden Winter musste Holz gesägt werden.

Nur von dem versprochenen Motorrad keine Spur, obwohl Oskar den Chauffeur des Auslieferungslagers gut kannte und er ihn sicherlich beim Eintreffen des Motorrades sofort verständigen würde.

Was sollte es. Wieder Mal ein Versprechen von so einem Bonzen, das nicht gehalten wurde.

Endlich im November, es wurde bereits beizeiten Dunkel, die ersten Schneestürme rasten über die Weite des Landes und deckten alles mit der weißen Pracht zu, erhielt Oskar die Information, dass zwei Motorräder eingetroffen seien.

Doch mal einer, der sein Versprechen hält, leistete Oskar im Geheimen gegenüber dem Leiter der Kommission Abbitte.

Gleich am nächsten Tag eilte Oskar in das Auslieferungslager, um sein Motorrad abzuholen. Im Vorzimmer des Lagerleiters saß die Sekretärin, der Oskar sein Anliegen vortrug.

„Ich kann dazu nichts sagen. Nimm doch bitte im Besucherzimmer platz. Ich informiere den Lagerleiter“, antwortete diese und verschwand hinter der nächsten Tür.

Es verging eine viertel Stunde.

Die Sekretärin kam zurück, setzte sich wortlos an ihren Arbeitsplatz und vertiefte sich in die Arbeit.

Es verging eine halbe Stunde.

Ohne das Oskar es bemerkte, schaute die Sekretärin des öfteren verstohlen nach ihm hin.

Nach einer Stunde Wartezeit saß Oskar immer noch im Wartezimmer, dem es jetzt zu viel wurde und er wandte sich an die Sekretärin: „Habt ihr mich vergessen?“

Die zuckte nur mit den Schultern.

Es verging noch eine knappe Stunde bis Oskar endlich vorgelassen wurde.

„Was willst du hier?“, wollte der Leiter des Lagers unwirsch wissen und tat so, als wenn er mächtig beschäftigt sei.

„Ich bin der Wagner und will mein Motorrad abholen!“

„Wir haben kein Motorrad! Mach dich raus!“

Das war nun doch Oskar zu viel und er blaffte zurück: „Das werden wir doch sehen. Ich weiß, gestern waren noch zwei Motorräder da!“

„Willst du mir drohen? Pass nur auf?“ fuhr der Leiter des Lagers hinter dem Schreibtisch in die Höhe.

„Ich will nur mein Recht!“

„Raus!“

Mit den Worten: „Und ich bekomme doch mein Motorrad“ verließ Oskar das Zimmer und eilte sofort zum 1. Kreissekretär der Partei. Dieser hatte aber keine Zeit und verwies Oskar an den 2. Sekretär, der noch jung in seiner Funktion war.

„Na, was willst du?“, fragte dieser leutselig.

Nachdem Oskar dem Zweiten sein Verlangen vorgetragen hatte, sprach dieser: „Du bekommst dein Motorrad!“

Der Zweite griff zur Wechselsprechanlage und schilderte dem Ersten das Problem.

„Ruf in meinem Namen an, der Wagner hat ein Motorrad zu bekommen.“

Aber der Lagerleiter dachte was will mir schon der Zweite und ließ sich durch diesen überhaupt nicht beirren und behauptete steif und fest: „Es ist kein Motorrad da.“

Wieder rief der Zweite den Ersten an und meldete ihm das Verhalten des Lagerleiters. Der Erste ließ sich sofort mit dem Lagerleiter verbinden und brüllte ins Telefon: „Du bist entlassen und der Wagner bekommt sein Motorrad, ansonsten kommst du ins Gefängnis!“ Ohne eine Antwort des Lagerleiters abzuwarten, knallte er den Hörer auf die Telefongabel. Den Zweiten wies er an: „Der Wagner soll sein Motorrad holen. Und wenn es Probleme gibt, soll er sich noch einmal melden“.

Oskar bekam sein Motorrad, das versteckt im Legestall der Hühner stand. Es sollte sicherlich an einen guten Freund verscheuert werden.

Nur ein Problem hatte Oskar er konnte das Motorrad nicht bezahlen. Aber er wusste, dass sein Onkel Geld hatte, und wendete sich mit seinem Problem an diesen.

„Kein Thema, du bekommst das Geld!“, sagte dieser und gab ihm den Schlüssel für die Geldtruhe, die bei der Mutter stand.

Sofort eilte Oskar in das Haus des Onkels, wo ihn die Mutter nicht an die Geldtruhe lassen wollte.

„Sieh doch, er hat mir den Schlüssel gegeben.“

„Was, er hat dir den Schlüssel gegeben, das kann nicht sein!?“, antwortete diese erstaunt.

„Doch sieh nur her. Hier ist er!“

„Da hat dein Onkel aber großes Vertrauen zu dir!“

Jetzt erst durfte Oskar an die Geldtruhe, in der neben Rubel auch viele Kopeken lagen. In der Aufregung nahm Oskar 120 Rubel zu wenig raus. Dies stellte er jedoch erst fest, als er die 4.200 Rubel für das Motorrad bezahlen wollte.

Der Onkel gab ihm das restliche Geld aus seiner Tasche und sagte: „Kannst es mir wieder zurückzahlen, wenn du es hast.“

Es kam eine Zeit, wo Oskar ohne Beschäftigung war. Er hing ohne Arbeit, sozusagen in der Luft. Die Gammelei gefiel ihm überhaupt nicht, er war es gewöhnt zu arbeiten, kräftig anzupacken. So nahm er dann doch das anstehende Angebot als Ingenieur zu arbeiten an.

Die erste Arbeit, die anstand, war die Abholung einer Spezialmaschine aus dem 120 km entfernten Slavkorot.

Und schon trat das erste Problem auf. Oskar hatte noch keine Fahrerlaubnis, um mit dem Auto in die Stadt fahren zu können. Der Werkstattwagen mit Hänger, auf dem sich ein

Aggregat befand, musste jedoch auf jeden Fall abgeholt werden.

Was tun?

Und was tat da Oskar? Er ließ es darauf ankommen und machte sich mit dem Auto auf den Weg, obwohl er keine Fahrerlaubnis besaß.

Und er hatte Glück. Nicht einmal wurde er unterwegs kontrolliert.

Auf dem Abstellgleis, neben der Entladerampe stand bereits der Waggon mit dem Werkstattwagen und dem Anhänger.

Sofort machte sich Oskar an die Arbeit und begann mit der Entladung der Technik. Mit einem Vorschlaghammer schlug er die Vorlegekeile aus Holz die vor und hinter jedem Rad lagen beiseite und zerschnitt mit dem Bolzenschneider den Rödeldraht. Mühevoll klappte er dann, die hölzernen Seitenplanken, deren Scharniere stark verrostet waren, ab.

Vor dem ersten Anlassen kontrollierte er das Fahrzeug auf die Betriebs- und Verkehrssicherheit, er führte sozusagen eine Durchsicht vor dem Einsatz durch. Nachdem Oskar dann die noch vordere Waggonwand abgeklappt hatte, fuhr er die Spezialtechnik von dem Eisenbahnwagen über die Verladerampe auf den mit Gras überwachsenen Weg, der neben der Bahnschiene entlang führte.

Für die Rückfahrt musste er sich noch etwas einfallen lassen. Oskar besorgte sich ein Stück Kreide, mit dem er ganz groß Überführung an die Technik schrieb. Er war sich gewiss, dadurch jeder Kontrolle zu entgehen.

Unterwegs, in Simbasa legte Oskar einen kurzen Halt ein. Der Sprit ging zur Neige und hier bot sich die Gelegenheit das Fahrzeug aufzutanken. Nach einer Rast von zwei Stunden setzte er die Fahrt fort. Und auch diesmal erreichte Oskar, ohne kontrolliert zu werden sein Ziel.

Die Winterfestmachung der Getränkeanlage für die Kühe stand auf der Tagesordnung. Die Arbeit konnte Oskar nicht alleine bewältigen. Er brauchte noch zwei Mitarbeiter. Er hatte dabei schon ganz bestimmte Mithelfer im Auge, mit denen er bereits im Vorfeld sprach und sie sozusagen für sein Projekt gewinnen wollte.

Da die Leute einverstanden waren, hatte die Kolchose auch nichts mehr dagegen und sie meldeten sich ab sofort bei Oskar zur täglichen Arbeit.

Als Nächstes musste die Wasseranlage, vor dem Einfrieren mit einer provisorischen Heizung versehen werden.

So verging der Winter, der Frühling kam und Oskars Brigade konnte sich über fehlende Arbeit nicht beschweren. Als der Sommer in das Land zog, war die Brigade bereits auf elf Mann angewachsen und hatte noch zwei weitere Maschinen erhalten.

In den Sommermonaten kam auf die Brigade ein neues Problem zu, das einer Lösung bedurfte. Da Oskar wohl oder übel auch für die Planungsfragen verantwortlich war, musste er sich jetzt auch noch Gedanken darüber machen, wie die Sicherstellung der Arbeit besonders in den Heumonaten Mai und Juni gewährleistet war.

Alle wollten in diesen Monaten Urlaub haben. War ihnen auch nicht zu verdenken, denn jeder hatte daheim für sieben Monate eine Kuh im Stall stehen und für diese musste das notwendige Futter besorgt werden. Und das Heu machte sich ja nicht von allein. Das Gras musste erst mit der Sense abgehauen werden in der Sonne getrocknet, um dann als Heu in der Scheune zu lagern.

Für die Wintermonate wurde eben Raufutter für die Tiere benötigt.

Oskar überlegte, wie den Leuten geholfen werden konnte. Irgendwie musste die Zeit, die zur privaten Heuernte benötigt wurde, herausgearbeitet werden.

Er sprach mit seinen Leuten darüber und machte ihnen einen Vorschlag.

Die Männer waren einverstanden.

Als Erstes erfolgte der Umbau der Fahrzeuge. Mit Gerüsten aus Holzstangen, die auf den Lastkraftwagen angebaut wurden, erfolgte die Verbreiterung der Ladefläche. Die Autos transportierten jetzt, fast doppelt soviel Heu. Und das führte dazu, dass mit dem Einbringen des Heus, die Kolchose vier Tage früher fertig war.

Jetzt suchte Oskar zweitens eine Möglichkeit in der er, in der herausgearbeiteten Zeit für seine Männer Heu besorgen konnte. Dabei kam ihm der Zufall zur Hilfe.

In den benachbarten Solchosen und Kolchosen hatte es sich herumgesprochen, das Oskar mit seinen Männern die Getränkeanlage für die Kühe auf Vordermann gebracht hatte. Nun wollten sie alle Oskar in Anspruch nehmen.

Fast täglich meldete sich einer mit der Bitte: „Wie sieht es aus, kannst du auch unsere Anlage in Ordnung bringen?“

Im Prinzip war Oskar damit einverstanden, er forderte jedoch: „Ich bekomme aber dafür Heu für meine Mitarbeiter!“

„Das bekommst du!“

Einer der Direktoren sprach Oskar an: „Bist wohl Deutscher?“

„Wieso?“

„Deutsche gute Leute!“

Oskar rückte mit seiner Brigade in den benachbarten landwirtschaftlichen Betrieben an und hatte bereits nach kurzer Zeit die Wasserleitungen in den Kuhställen der Kolchosen instand gesetzt und diese ebenfalls mit einer provisorischen Heizung versehen.

Wie versprochen erhielten sie dafür ihr Heu und das überreichlich.

Somit hatte sich das Problem mit dem Urlaub in den Heumonaten geklärt.

An einem Wochenende nahm sich Oskar die Zeit, die Tochter in der fernen Stadt zu besuchen. Wie freute sich diese, ihren Vater einmal wieder zusehen. Sie bummelten bei herrlichem Sonnenschein durch die Straßen der Stadt, sprachen über ihre Probleme und Sorgen, ihre Erfolge und Misserfolge, über Erfreuliches und Bedrückendes. Viel zu schnell verging der Tag und es musste bereits wieder an das Abschiednehmen gedacht werden. Sich noch einmal umarmend trennten sie sich in den frühen Abendstunden.

Auf der Rückreise hatte Oskar auf dem Bahnhof noch etwas Zeit, denn der Zug, mit dem er weiterfahren musste, hatte mindestens eine Stunde Verspätung. Eine günstige Gelegenheit noch Knochen für den Hund vom Schlachthof zu besorgen.

Oskar wollte gerade den Bahnhof verlassen, als ihm ein Milizionär über den Weg lief, mit dem er ins Gespräch kam. Ein Wort gab das andere, bis der Polizist eine Wodkaflasche aus der Tasche zog und sprach: „Komm Brüderchen, lass uns einen trinken!“

Sie setzten sich auf eine Bank.

Es blieb nicht bei einem, es blieb auch nicht bei einem Zweiten, zum Schluss hatten sie die Flasche geleert. Oskar hatte ganz schön einen in der Krone und in diesem Zustand wollte er noch Knochen für den Hund vom Schlachthof holen.

Daraus wurde natürlich nichts mehr.

Nur halb bekam Oskar das Quietschen der Bremsen des einfahrenden Zuges mit. Und als der Schaffner das Abfahrtsignal gab, wusste Oskar nicht so richtig, wie er in den Zug eingestiegen war. Nur die leutseligen Umarmungen und die schmatzenden Küsschen auf die Wangen hatte er noch in dunkler Erinnerung.

Das passiert mir nicht wieder, schwor er sich im Stillen.

Oskar half, wo er helfen konnte.

Hier brachte er mit alkoholhaltigem Rasierwasser eine alte Kuckucksuhr auf Vordermann. Nachdem er die Lager des Laufwerks auch noch mit Maschinenöl richtig gleitfähig gemacht hatte, lief die Uhr wie geschmiert. Dafür erhielt er einen Liter selbst gebrannten Schnaps.

Dort setzte er bei einem Ukrainer eine altersschwache Nähmaschine wieder in Gang.

So kam man mit einer Arbeit nach der anderen zu Oskar. Und nie brauchte er etwas für umsonst zu machen. Immer zeigten sich die Leute erkenntlich, ob es einige Kopeken waren, selbst Geschlachtetes oder irgendwelche anderen Dinge.

Oskar, der für seine reguläre Arbeit 200 Rubel im Monat erhielt, war jetzt für alles verantwortlich. Ob es die Heizung für das Büro und die Hallen war oder der Traktor, das Lager für das eigene Material, selbst die Abrechnung musste er jetzt persönlich durchführen.

In einer alten Scheune der Kolchose stand ein Traktor vom Typ *Belorus*. An dem verrosteten Mähbalken konnte man erkennen, dass der Traktor schon bessere Tage gesehen hatte.

Da die Erntezeit vor der Tür stand, war es für Oskar eine willkommene Gelegenheit den *Belorus* wieder fahrbereit zu machen und den verrosteten Mähbalken instand zusetzen.

So konnte die Erntezeit beginnen.

Nach dem Grundsatz Vertrauen ist gut, Kontrolle ist besser ließ Oskar sich dann einmal täglich auf den Feldern sehen, um sich einen Überblick über den Stand der Arbeiten zu verschaffen.

Eines Tages kam etwas dazwischen und er konnte nicht hinaus auf die Felder fahren. Was war das Ende vom Liede, es wurde einfach nicht gearbeitet. Der lapidare Grund hierfür, ein gebrochener Mähbalken.

Es wurden keine Anstalten unternommen auf irgendeine Art die Funktionsfähigkeit des Mähbalkens wieder herzu stellen. Das war angeblich zu kompliziert und man legte sich lieber in den Schatten der nahen Bäume und ließ den Tag einen lieben langen Tag sein.

Nachmittags hatte Oskar dann doch noch Zeit und fuhr hinaus auf die weiten grünen Wiesen zur Heuernte. Er glaubte seinen Augen nicht trauen zu können, als er sah, das nichts aber auch nichts gemacht worden war, das saftige Gras stand noch in voller Pracht.

Die Männer lagen im Schatten, in der Nähe stehender Birkenbäume und waren eingeschlafen.

„Was ist hier los? Wieso arbeitet ihr nicht?“

Erschrocken fuhren die Männer empor, als sie Oskar unsanft aus ihren Träumen riss.

„Der Mähbalken ist gebrochen, und da kein Werkzeug vorhanden ist, konnten wir ihn auch nicht wieder instand setzen“.

„Das glaube ich doch nicht? Es muss doch eine Möglichkeit geben!“

Weitere Argumente der Entschuldigung brach Oskar mit einer Handbewegung ab und schaute sich den Schaden selber an.

Nachdem er einen Moment überlegt hatte, sagte er: „Ich brauche ein Stück Draht. Los helft mir beim Suchen! Ich werde euch zeigen, wie man so etwas macht!“

Letztendlich wurde der benötigte Draht am Traktor gefunden.

Die Männer standen um Oskar herum und schauten mit unterschiedlichem Gesichtsausdruck zu, wie er den Mähbalken mit dem 6-mm-Draht reparierte.

Ein betroffenes, erstauntes aber auch gleichgültiges Mienenspiel lag auf den Gesichtern der Männer.

Noch keine halbe Stunde war vergangen und der Mähbalken war wieder funktionsfähig.

„Habt ihr gesehen, wie das gemacht wird? Aber nun an die Arbeit, wir müssen die vergammelte Zeit wieder aufholen! Und es wird mir nicht eher Feierabend gemacht, bis das Tagessoll erfüllt ist“.

Etwas vor sich hin brummend gingen die Männer an die Arbeit, die diesmal bis zur hereinbrechenden Abenddämmerung dauerte.

Hinter dem Traktor mit dem Mähbalken fuhr der Heuwender her. Er wirbelte mit seinen blitzenden Zinken das abgemähte Gras in die Luft, das locker wieder auf die Erde fiel.

Noch zweimal musste der Heuwender über die Wiese fahren, bevor das Gras trocken war.

Die Männer hatten die Frauen mitgebracht, die das trockene Heu mit ihren Holzrechen in lange Reihen zusammenharkten um dann, aus dem Heu Haufen zu bilden. So ließ sich später das trockene Gras besser verladen.

Das Heu war zwar trocken, aber die Fahrzeuge zum Abtransport des Heues fehlten.

Die Fuhrwerke wurden für den Transport des Weizens benötigt und das war wichtiger als das Einbringen des Heues.

Guter Rat war teuer.

Jetzt brauchte es nur noch anfangen zu regnen, dann war die ganze Arbeit umsonst gewesen und man konnte das Heu zum Trocknen wieder über die ganze Wiese ausbreiten.

Das Heu musste unbedingt trocken eingebracht werden, sonst würde es im Laufe der Zeit anfangen zu verfaulen.

Oskar ging zum Parteisekretär und trug ihm das Problem vor und dieser versprach ihm nach langen hin und her: „Am Abend bekommst du deine Autos!“

Und wirklich, der Parteisekretär hielt Wort, am Abend bekam Oskar die Autos.

Jeder wollte nun als Erster seine Fuhre Heu haben.

Was tun, um nicht den einen zu bevorteilen und den anderen zu benachteiligen.

Oskar fertigte Lose an, legte sie in seine Tschapka und ließ jeden ein Los ziehen. So wusste keiner, wann er seine Fuhre bekam und ob er der Erste oder der Letzte war.

Mit dreizinkigen Gabeln an langen Stielen wurde das Heu auf die Fahrzeuge geladen.

Die zwei Mann, die oben auf der Fuhre saßen, mussten das hochgereichte Heu richtig stapelten. Ein nicht sachgerecht beladener Wagen konnte mit einer kippligen Fuhre schon mal umkippen.

Dann war das Malheur groß.

Ein beladenes Fahrzeug nach dem anderen verschwand in der Ferne. Nur die Kraftfahrzeuge kamen nicht dort an, wo diese hätten, ankommen sollten.

Oskar ging der Sache auf den Grund und musste feststellen, dass der Parteisekretär das Heu gestohlen hatte und zu sich nach Hause fahren ließ. Jetzt war ihm auch klar, warum dieser so bereitwillig gewesen war, die Fahrzeuge zur Verfügung zu stellen.

„Dir werde ich helfen!“, murmelte Oskar vor sich hin und ließ von seinem Fahrzeugpark drei Autos für den Heutransport vorbereiten.

Eine Hundearbeit, die ihm aber die Sache wert war.

Mit den Autos fuhr er dann zum Parteisekretär und ließ das Heu von seinen Männern wieder aufladen.

„Das Heu bleibt hier! Du kommst mit den Fahrzeugen nicht von meinem Hof!“ schimpfend, tanzte der Parteisekretär um die Fahrzeuge wie Rumpelstilzchen um das Feuer.

Unbeeindruckt beluden die Männer die Fahrzeuge weiter.

Immer wütender werdend stellte sich der Parteisekretär Oskar drohend entgegen und schrie in seiner ohnmächtigen Wut: „Du kommst mir nicht mit den Fahrzeugen vom Hof und wenn ich dich mit Gewalt aufhalten muss!“

Mit den Worten: „Das wollen wir doch mal sehen“, ergriff Oskar eine Mistgabel und drang auf den Parteisekretär ein.

Der wich ängstlich zurück und sprach mit zischendem Unterton in der Stimme: „Das wirst du noch bereuen“.

Oskar hatte für den Augenblick einen Sieg errungen und konnte mit den voll beladenen Autos ungehindert den Hof des Parteisekretärs verlassen.

Jeder bekam sein Heu.

Bereits wenige Tage später bekam Oskar die Retourkutsche der Partei zu spüren. Er musste sich bei seinem Chef melden, der gar nicht wissen wollte, was los gewesen war und ihn nur unwirsch aufforderte: „Schreib deine Kündigung!“

„Was soll ich machen?“, antwortete Oskar erstaunt.

„Schreib das Du weg willst, sonst wirst du entlassen!“

„Wieso? ... Warum?“

„Gib die Schlüssel, brauchst morgen nicht mehr zu kommen!“

„Da steckt doch bestimmt der Parteisekretär dahinter. Dass lasse ich mir nicht bieten!“

„Das ist uninteressant, brauchst auf jeden Fall morgen nicht mehr zu kommen!“

Da Oskar den ehemaligen Fahrer des 1. Kreissekretärs gut kannte, erzählte er ihm die ganze Geschichte, mit dem Heu und dem Diebstahl durch den Parteisekretär.

Der Kraftfahrer schüttelte nur mit dem Kopf und sprach: „Wenn das der Alte wüsste!“

„Da kann ich mir auch nichts für Kaufen!“

„Las es mal gut sein. Ich helfe dir“ versprach der Fahrer, Oskar.

Und der Chauffeure nutzte die nächste Gelegenheit dem Ersten, das Problem vorzutragen.

Der antwortete nur darauf: „Das kann doch nicht wahr sein! Ich werde ich mich sofort darum kümmern!“

Am nächsten Tag musste sich Oskars Direktor beim 1. Kreissekretär melden, der wissen wollte: „Was ist mit dem Wagner los, wie so soll er entlassen werden?“

Mit betretenem Ausdruck im Gesicht saß der Direktor da begann zu stottern, suchte nach Begründungen. Nur einen plausiblen Grund konnte er nicht angeben.

Es hätte auch keinen Zweck gehabt nach einer Begründung zu suchen, denn der Erste hatte, bereits die Aussage seines Fahrers überprüft und deren Richtigkeit festgestellt.

Die sinnlose Schwafelei des Direktors ging dem Ersten langsam auf die Nerven. Er unterbrach ihn mit einer unwirschen Handbewegung und legte fest: „Der Wagner wird wieder eingestellt und für jeden Tag, den er nicht gearbeitet hat, zahlt ihr mir den dreifachen Lohn!“

„Aber …“

„Nichts aber! Bis 14.00 Uhr meldet ihr mir, dass die Sache bereinigt ist. Ansonsten seit ihr arbeitslos. Habt ihr mich verstanden Genosse?“

„Habe verstanden.“

Oskar wurde wieder eingestellt und bei seiner Rückkehr freudig begrüßt.

Dafür wurde der Parteisekretär entlassen, dessen Denken- und Verhaltensweisen sicherlich noch der totalitären Diktatur Stalins entsprachen, aber nicht mehr ganz den Zeichen der Zeit.

Es folgte der Einsatz Oskars als Oberkontrolleur für die gesamte Region. Damit er die anfallende Arbeit auch bewältigen konnte, bekam er zur Unterstützung drei Mann zugeteilt, mit denen er von der Lagerwirtschaft bis zur Buchführung alles überprüfte.

In der Zeit als Chruschtschow den Stalinkult beendete gab es für die Menschen in der UdSSR nur noch Brot auf Lebensmittelkarten. An den Ausgabetagen standen die Menschen Schlange, um einen Laib zu erstehen. Dies war mit einem enormen Arbeitsausfall der arbeitenden Bevölkerung verbunden.

So versuchte jede Firma, jeder Betrieb, jede Einrichtung es auf seine eigene Weise zu klären und zu organisieren.

Es wurden unter anderem für die Arbeiter Magazine eingerichtet, dass diese nach dem Brot nicht anstehen brauchten.

Eines dieser Magazine existierte zwei bis drei Monate. Dann wurde es bereits von dem Betriebsleiter wieder geschlossen.

Keiner konnte sich vorstellen warum.

Aber Oskar sollte durch Zufall hinter die Machenschaften des Betriebsleiters kommen.

Bei einer routinemäßigen Kontrolle kam es ihm irgendwie komisch vor das das Gebäude für die Brotausgabe mit einmal versiegelt war.

Und ein offensichtlicher Grund lag dafür nicht vor.

Einen Mitarbeiter den Oskar fragte konnte ihm keine Auskunft geben und der meinte nur: „Das musst du schon den Betriebsleiter fragen.“

Aber von dem Betriebsleiter erhielt Oskar auch keine erschöpfende Auskunft.

„Da muss ich eben selber nachsehen, was sich jetzt in dem Gebäude befindet. Wie sieht es aus, schließt ihr mir das Gebäude auf?“

Als ihm der Betriebsleiter auch noch antwortete: „Ich schließe nicht auf!“, war für Oskar die Sache klar, dass hier irgendetwas nicht stimmte.

„Aufschließen!“ legte Oskar mit bestimmendem Ton in der Stimme fest. „Ich dulde keinen Widerspruch! Ist das klar!“

Da Oskar der Oberkontrolleur für die Region war, blieb dem Betriebsleiter weiter nichts übrig als den Raum zu öffnen.

„Ist schon gut. Ich schließe schon auf“ antwortete er kleinlaut.

Als dieser aufgeschlossen hatte, glaubte Oskar seinen Augen nicht trauen zu können. In den Regalen, wo sonst das Brot lag, stapelten sich jetzt PKW-Ersatzteile für einen *Pobjeda.* Es waren aber nicht irgendwelche Teile, sondern wie sich herausstellte neue Ersatzteile aus dem eigenen Lager, die man als Schrott abgeschrieben hatte. Nur wurden diese angeblich schrottreifen Teile nicht abgeführt, sondern illegal an die Sowchose gegeben.

Und wofür?

Es sollte ein neues Auto für den Chef werden.

Was war jetzt das Ende vom Liede? Der Chef wurde entlassen.

Zwangsläufig machte sich Oskar bei seinen korrekten Kontrollen nicht nur Freunde, sondern auch Feinde.

Überall in der ländlichen Gegend befand sich das Stromnetz noch in einem moderaten Zustand. So auch das Stromnetz des Nachbarortes einer Kolchose, das nur für die Versorgung der Verwaltung, das Kontor und der Stall reichte.

Ja, wo war hier die Verwirklichung von Lenins Parole: Elektrifizierung plus Sowjetmacht gleich Kommunismus.

Eines Tages trat der Verantwortliche an Oskar heran und bat ihn doch für den gesamten Ort das Stromnetz zu installieren.

Oskar sagte zu, aber meinte im gleichen Atemzug: „Bei der Beschaffung der notwendigen Elektromaterialien müsst ihr mir helfend zur Seite stehen.“

„Ich kümmere mich darum, hauptsächlich die Menschen im Ort bekommen ihren Strom.“

In der Stadt befand sich ein Lager, in dem die notwendigen Teile, wie mit Diesel betriebene Elektroaggregate, Rohrleitungen und andere Materialien lagerten.

Es war alles das, was Oskar benötigte.

So nahm Oskar mit Unterstützung des Kolchosnik die Verbindung zum Kreis auf. Und wie es der Zufall wollte, traf er hier einen alten Bekannten, der ihm die Genehmigung zum Betreten des besagten Lagers besorgte.

Seine Genehmigung vorzeigend konnte sich Oskar hier die notwendigen Teile aussuchen, die er benötigte, um den Nachbarort mit Strom zu versorgen.

Und das war nicht wenig, was er dafür benötigte.

„Wie willst du denn das alles wegfahren?“, wollte der Lagerverwalter wissen.

„Las das nur meine Sorge sein!“

Ein Anruf von Oskar genügte. Es war kaum ein Tag vergangen da rollte ein Auto mit einem Langholzanhänger für die Rohre und drei Kastenwagen für die Elektroaggregate auf den Hof des Lagers.

Jetzt brauchte Oskar noch die Papiere für die Überführung des Materials. Dieses Dokument stellte ihm ein ehemaliger Fallschirmjäger aus Krasnyj Kut aus, der jetzt hier als Angestellter arbeitete.

Um die Frage der Bezahlung brauchte sich Oskar auch keine Gedanken zu machen. Durch einen Anruf beim Chef des Gebietes wurde alles geklärt. Dieser übernahm die Bezahlung, und Oskar erhielt die notwendigen Papiere für die Auslieferung.

Der Transport des Materials bis zur Kolchose erfolgte auf dem Schienenweg. Auf dem Bahnhof des Ortes wurde alles auf bereitgestellte Güterwaggons verladen.

Tage dauerte es, bis der Transport am Bestimmungsbahnhof eintraf.

Günstig wirkte sich jetzt aus, dass der Winter bereits seinen Einzug gehalten hatte. Die Fracht konnte nun auf Schlitten verladen werden, und ab ging es zum nicht mehr allzu weit entfernt liegenden Bestimmungsort.

Oskar mit seiner Brigade machte sich an die Arbeit und es dauerte nicht mehr lange, das in jedem Haus des Ortes zum ersten Mal im Leben der Bewohner elektrisches Licht brannte.

Welch eine Freude für die Menschen, die hier wohnten.

Am Ende einer gewissen innenpolitischen Tauwetterperiode kam neben der Gebietsreform der Chrustschowschen Regierungszeit, am 29. August 1964 ein Erlass zustande, der das Volk der Wolgadeutschen von der kollektiven, durch nichts zu beweisende Schuldzuweisung befreite. Dieser Erlass wurde nicht in der Tagespresse veröffentlicht.

Durch die neue Gebietsreform wurden Kreise zusammengelegt und Oskar hatte dadurch keine Arbeit mehr. Er überlegte, an einen anderen Ort zu ziehen.

„Aber wohin?“ war die große Frage.

Die Ukraine gefiel ihm nicht, da war die Luft zu sehr verschmutzt von dem vielen Kohlendreck.

Aus Saratow erhielt er ein Angebot von einer Kolchose und zu guter Letzt sollte er noch zum Militär. Gemustert wurde Oskar als Spezialist für die Raketentechnik und erhielt seinen Wehrpass.

Nur zum Militär wurde er nie eingezogen.

Im Winter beschloss Oskar, seinem Bruder einen Besuch abzustatten. Und es dauerte auch nicht lange, das er sich auf den Weg machte.

Es war nachts, es stürmte und schneite als der Zug, in dem Oskar saß, auf dem Zielbahnhof einfuhr und mit quietschenden Bremsen hielt. Ob wohl es im Abteil des Zuges nicht allzu warm gewesen war, traf ihm beim Öffnen der Waggontür die eiskalte Winterluft mit voller Wucht.

Fröstelnd schlug Oskar den Kragen seiner Jacke nach oben und vergrub die Hände tief in den Taschen.

Den einzigen Anhaltspunkt für den Aufenthaltsort seines Bruders, den er hatte, war die Anschrift der südrussischen Universität. Da die Hochschule eigentlich recht bekannt war, brauchte Oskar nicht allzu lange zu suchen, um diese zu finden. Dann stand er aber vor verschlossenen Türen.

In den späten Abendstunden ruhte bereits der Schulbetrieb und die Pforte war nur noch von der Nachtwache besetzt. Diese konnte ihm über seinen Bruder jedoch keine Auskunft geben und wusste auch nicht, wo dieser wohnte.

Noch lange irrte Oskar durch die nächtlichen Straßen der Stadt. Durchgefroren bis auf die Haut, vom scharfen Nordost, der durch die Straßen wehte und den Schnee vor sich hertrieb.

Es war fürchterlich kalt.

Schließlich fand er doch noch eine warme Unterkunft, in der er die Nacht bis zum nächsten Tag verbringen konnte.

Und wieder begab sich Oskar auf die Suche nach seinem Bruder. Diesmal waren seine Bemühungen mit Erfolg gekrönt. Sich umarmend begrüßten sie sich herzlich. Im anschließenden Gespräch ging es um Oskars Arbeitsproblem. Alles für und wieder wurde abgewägt, bis sich Oskar entschloss, in der Nähe des Bruders zu bleiben.

Sofort ging es auf Arbeitssuche.

Auf einer Kolchose, ganz in der Nähe der Stadt hatte eine Baufirma begonnen Häuser mit jeweils zwölf Wohnungen hoch zuziehen. Ständig auftretende Schwierigkeiten beim Bau dieser Häuser schoben den Termin der Fertigstellung immer wieder nach hinten hinaus. Mal konnte die Ziegelbrennereien die benötigten Steine nicht liefern, dann fehlte das Benzin, um die Steine heranzuschaffen, dann fehlte der

Kran oder das Dieselöl für den Kran war nicht vorhanden. Diebstahl von Baumaterialien und ständige Stromausfälle waren Teil der Tagesordnung.

Oft gab es Tage lang keinen Strom, oder zwischendurch mal eben eine Stunde lang als Kostprobe.

Typische Arbeitsbedingungen und wirtschaftliche Verhältnisse in einer sozialistischen Volkswirtschaft.

Oskar war zu Ohren gekommen, dass ein Heizer für die zu installierende Heizungsanlage in diesen Häusern gesucht wurde. Obwohl seine Frau nicht mit einverstanden war, bewarb er sich um diesen Posten.

Und dann ging alles schnell. Schon am nächsten Tag standen drei Autos für den Umzug vor der Tür um die Familie in die etwa 60 km entfernte Kolchose zubringen.

Ja, was sollte da die gute Frau noch machen?

Sie zog mit dorthin, wo ihr Mann Arbeit gefunden hatte.

Das Material für die Heizungen war bereits vorhanden und Oskar konnte sofort mit deren Einbau beginnen. So einfach, wie sich Oskar die Arbeit aber vorgestellt hatte, war sie dann doch nicht. Viele Probleme galt es zu lösen.

Die elektrischen Leitungen mussten so installiert werden, dass bei einem Stromausfall ein Notstromgenerator ansprang und die Heizung mit dem notwendigen Betriebsstrom versorgte. Ein Ausfall der Heizung bei minus 40 Grad Celsius hätte unweigerlich fatale Folgen nach sich gezogen. Die Heizungskörper würden sofort einfrieren und die Rohre platzen.

Auch galt es zu klären, die Heizung so zu bauen, dass diese, wenn kein Dieselkraftstoff geliefert werden konnte, auch mit Stein- oder Braunkohle betrieben werden konnte. Man erwog sogar die Möglichkeit der Nutzung von Holz als Brennstoff.

Und das gab es ja im fast unbeschränkten Maße.

Schließlich ging es auch noch darum, den notwendigen Wasserdruck für die Heizungsanlage ohne eine Pumpenanlage, die Strom benötigte, zu gewährleisten.

Alles knifflige Lösungen, die Oskar durch ständiges Ändern der Baupläne der Heizungsanlage und durch Improvisieren mit Bravour bewältigte.

Nach dem erfolgreichen Einbau der Heizungsanlage setzte der Verantwortliche für die Kolchose Oskar sofort als Mechaniker ein und er erhielt für die geleistete Arbeit eine Prämie von 480 Rubel.

Jetzt war er, wie konnte es auch anders sein, wieder für alles verantwortlich.

Die Kolchose beteiligte sich an der Milchproduktion für die nahe Stadt. Tägliche wurde die frische Milch in riesigen Tanks, die sich auf Lastkraftwagen befanden in die Stadt gefahren.

Ein lukratives Geschäft für die Kolchose, wenn alles hinhaute. In den heißen Sommermonaten durfte die Milch nicht im angesäuerten Zustand angeliefert werden. Das kam aber häufiger vor als ihnen recht war. Dann gab es für die Milch nicht mehr den vollen Preis und dies bedeutete einen finanziellen Verlust für die Kolchose.

In den kalten Wintermonaten war das weiter nicht problematisch, aber an den heißen Sommertagen, Kühlanlagen zur Aufbewahrung der Milch gab es nicht.

Was konnte man da tun?

Wie konnte man die frisch gemolkene Milch kühl lagern?

Also musste eine Kühlanlage her.

Aber wo her konnte man so eine Kühlanlage beschaffen?

Oskar hatte die rettende Idee. Er ließ neben der Melkanlage ein großes Loch ausheben. In den entstandenen Raum wurden die Behälter zur Aufbewahrung der Milch hinabgelassen und diese mit der Melkanlage verbunden. Anschließend wurde das Loch mit dicken Holzbohlen abgedeckt, auf die noch eine mindestens einen Meter dicke Erdschicht kam.

In den Wintermonaten ließ Oskar in die Zwischenräume zwischen den Behältern kleine und große Eisblöcke aufstapeln, bis das Erdloch vollkommen mit Eis gefüllt war. Durch die dicke Erdschicht über dem Loch blieb das Eis die Sommermonate über gefroren und Gewährleistete eine Kühlung der Milch.

Ab sofort kam die Milch auch in den Sommermonaten in einem 100-prozentigen guten Zustand in der Stadt an. Für diese Leistung zahlte die Kolchose Oskar ein 13. Monatsgehalt.

Oskar gab jedoch die Suche nach einer neuen Bleibe noch nicht auf. Ihn zog es an das Schwarze Meer, einem Binnenmeer, das fast von allen Seiten von Land umschlossen ist. Die einzige Verbindung nach außen führt durch den Bosporus zum Marmarameer und von dort aus durch die Dardanellen zum Mittelmeer.

Sein Halbbruder hatte die gleiche Idee. So beschlossen beide erst einmal nach Krasnodar zu fahren, um die Lage des Arbeitsmarktes dort zu erkunden.

Krasnodar, die Perle Russlands liegt am Fluss Kuban, etwa 1.540 km südlich Moskaus.

Ohne ihr Vorhaben den Frauen mitzuteilen, setzten sie sich in den nächsten Zug und fuhren an das Schwarze Meer. Hier wollten sie sich erst einmal fünf bis sechs Tage Badeurlaub gestatten.

Es war ein heißer Tag, als sie im Gebiet Krasnodar ankamen, die Sonne sandte ihre glühend heißen Strahlen vom blauen Sommerhimmel herab, an dem vereinzelt kleine Wölkchen, wie Wattetupfer hingen.

Das Gebiet Krasnodar liegt zwischen dem Asowschen Meer und dem Schwarzen Meer.

Und an diesem Tag holte sich Oskar gleich einen fürchterlichen Sonnenbrand, der mit Schmand behandelt werden musste.

Dann ging es auf Arbeitssuche.

Sein Halbbruder, der bisher als Chirurg arbeitete, fand sofort eine Anstellung im hiesigen Krankenhaus.

Oskar musste da schon etwas länger suchen. Kam aber dann in einer Sowchose unter, aber nur mit der Bedingung, dass er als Schlosser einen Monat Probe arbeitete.

Oskar nahm an und machte seine Arbeit.

Als der Monat vorbei war, wollte bereits der Chef für die Technik Oskar nicht mehr gehen lassen.

„Ich kann noch nicht gleich anfangen. Es gibt da noch ein Problem“ wendete Oskar ein.

„Was ist das für ein Problem?“

„Ich muss erst noch bei meiner alten Arbeitsstelle kündigen“.

„Da musst du eben hinfahren und kündigen“, meinte salopp der Chef für die Technik. „Wenn du dann zurückkommst, kannst du gleich bei uns anfangen“.

Oskar reichte auf seiner alten Arbeitsstelle die Kündigung ein, nur dort wollten sie ihn auch nicht gehen lassen. Nach langen hin und her stellte ihm sein alter Arbeitgeber dann das Ultimatum: „Du darfst gehen, aber erst wenn du die Heizung für den neuen Techniker in seinem Haus einbaust! Wenn nicht, dann musst du die Kündigungsfrist von 30 Tagen einhalten!“

Eine Kündigungsfrist von 30 Tagen kam für Oskar überhaupt nicht infrage, denn dann würde der Winter, mit seinen vereisten und verschneiten Straßen vor der Tür stehen und Probleme für den bevorstehenden Umzug mit sich bringen.

So entschloss sich Oskar für die Heizung und die war nach einem Tag bereits eingebaut. Nun durfte er gehen, aber ein Kündigungsschreiben erhielt er immer noch nicht.

„Du bekommst deine Kündigung erst zugeschickt, nachdem du die Kosten für die genutzten Fahrzeuge, die wir dir für den Umzug zur Verfügung stellen, bezahlt hast“, wurde Oskar darauf hin bei der Verabschiedung mitgeteilt.

In der Zwischenzeit war der Halbbruder auf die Suche nach einer Wohnung gegangen und hatte auch eine gefunden.

Dem Umzug stand also nichts mehr im Wege. Die Habseligkeiten wurden auf die Fahrzeuge verladen, mit denen sich Oskar auf den Weg machen wollte.

Nur die Frauen sahen es nicht ein, schwitzend in den Führerhäusern der Autos zu sitzen und den Staub der Landstraße zu schlucken.

Sie wollten eben unbedingt mit dem Zug fahren.

Und da die Frauen in der Regel ihren Kopf durchsetzten bekamen sie auch diesmal ihren Willen.

Die Bahnfahrt sollte unbedingt über Moskau gehen. Und das Ende August, Anfang September, wo die Züge von heimreisenden Urlaubern überfüllt waren.

Die teuren Fahrkarten wurden bezahlt und die Frauen setzten sich mit den Kindern in den Zug.

Als Oskar in Krasnodar ankam, war von den Frauen und den Kindern weit und breit noch nichts zu sehen.

Es verging ein weiterer Tag.

Immer noch keine Frauen mit den Kindern.

Nach einem weiteren Tag stellte sich Oskar dann die Frage: „Wo bleiben nur die Frauen?“

Endlich am dritten Tage trudelten diese ein. Nicht nur das die Fahrt recht teuer gewesen war, waren diese auch noch länger unterwegs gewesen und hatten in den Gängen des überfüllten Zuges mehr gestanden als gesessen. Und nicht nur das, das kleine Kind war durch die Zugluft krank geworden.

Ein kleines Haus, am Rande der Ortschaft wurde ihr neues zu Hause. Übergangsweise mussten alle erst einmal in dieses Haus einziehen, und das waren immerhin zehn Personen, die auf dem harten Fußboden schliefen.

Bei Arbeitsantritt legte Oskar, das korrekt geführte Arbeitsbuch vor, in dem stand unter anderem, dass er bereits als Ingenieur und Mechaniker für Technik gearbeitet hatte.

Dies nützte ihm nichts. Er wurde wie versprochen als Schlosser eingestellt.

Der Einsatz erfolgte in einer Brigade, die etwa 12 km von der Kolchose entfernt arbeitete. Da Oskar keine Papiere über seine Qualifikation besaß, außer den Einträgen in seinem Arbeitsbuch, behaupteten die Brigademitglieder nach 18 Tagen Arbeit, sie würden für ihn mit arbeiten.

Das brachte Oskar natürlich auf die Palme und er beschloss nach diesem unkameradschaftlichen Benehmen seiner Kollegen, bei der nächsten Gelegenheit die Brigade zu verlassen. Und diese Gelegenheit ergab sich bereits nach kurzer Zeit mit der Einstellung eines neuen Mitarbeiters. Oskar bildete mit ihm eine zusätzliche Brigade. Schnell hatten die beiden sich angefreundet und der neue Kumpel nahm ihn täglich mit dem Motorrad mit auf die Arbeit.

Oskar hatte zu diesem Zeitpunkt immer noch keine Fahrerlaubnis.

Um das notwendige Material für die einzelnen Arbeitsstellen brauchten die Brigaden sich nicht zu kümmern. Dies bekamen sie täglich aus dem Materiallager der Kolchose zugeführt. Nur zum Mittagessen mussten die Männer jedes Mal zur Kolchose und mit dem Motorrad war das überhaupt kein Problem.

Als es am Ende des Monats zur Abrechnung der Arbeitsleistung kam, erhielt Oskar und sein Mitarbeiter wesentlich mehr ausgezahlt wie die in den anderen Brigaden. Es hatten sich bereits im ersten Monat die Erfahrungen bezahlt gemacht, die Oskar sich als Schweißer, in seiner bisherigen praktischen Tätigkeit erworben hatte.

Das rief natürlich den Neid der anderen hervor und diese behaupteten, das könne doch nicht mit rechten Dingen zugehen. Sie setzten das Gerücht in Umlauf, die Abrechnung sei manipuliert worden.

Das kam natürlich auch den Verantwortlichen zu Ohren. Eine sofort anberaumte Überprüfung erbrachte jedoch den Beweis, dass alles mit rechten Dingen zu gegangen war. Die Normen waren nicht nur erfüllt, sondern übererfüllt worden.

Und wie es der Zufall wollte, wurde in einer der anderen Brigaden der Schweißer krank. Aber ohne diesen konnte diese Brigade die gestellten Aufgaben nicht erfüllen und würden somit am Ende des Monats auch keinen Lohn erhalten. Da Oskar der Einzige war, der dafür noch infrage kam, wandten sie sich an ihn: „Willst du nicht zu uns kommen und als Schweißer arbeiten?"

„Ach, jetzt bin ich euch wohl gut genug. Nein danke! Könnt euch einen andern Dummen suchen!"

Damit war ein für alle Mal das Problem für Oskar geklärt. Auch die anschließende Aussprache bei dem Chef änderte nichts an Oskars Meinung.

Das subtropische Klima und die fruchtbaren Böden der Gegend sorgten dafür, dass vorwiegend der Getreide- und der Reisanbau im Vordergrund, der landwirtschaftlichen Produktion der Kolchosen stand. Eine rege Fleisch- und Milchproduktion wurde betrieben.

In der Kolchose existierte seit einem halben Jahr eine Melkanlage, die vor sich hinschlummerte und auf bessere Tage hoffte. Im ganzen Umkreis der Kolchose gab es keine fähige Kraft die in der Lage war die Anlage zu justieren und anschließend in Betrieb zu nehmen.

Da sich die praktischen Fertigkeiten und das technische Einfühlungsvermögen Oskars herumgesprochen hatten, trat man eines Tages mit der Frage an ihn heran: „Wie sieht es aus, willst du dich Mal an der Anlage versuchen und sie zum Laufen bringen?“

Oskar überlegte nicht lange und willigte nach kurzem Zögern ein. Nur eine Bitte habe ich: „Dazu brauche ich noch einen bestimmten Mitarbeiter, den Iwanow.“

„Du bekommst nicht nur den Iwanow, du bekommst alles, was du brauchst, nur bring die Anlage zum Laufen.“

Und so war es dann auch.

Oskar bekam nicht nur den Iwanow, sondern noch vier weitere Leute zugeteilt, die ihm bei der Inbetriebnahme der Anlage helfen sollten. Die Verantwortlichen wussten, solange die Melkanlage nicht lief, war sie für die Kolchose nur nutzloses Kapital und herausgeworfene Rubel.

Totes Kapital brachte eben keinen Gewinn.

Sofort machte sich Oskar mit seinen Männern an die Arbeit.

Ein Aufgabe nach der anderen wurde gelöst, bis nur noch das Problem der Justierung der Anlage übrig blieb. Und dieses bereitete die größten Schwierigkeiten.

Die Melkvorrichtungen, die an die Zitzen der Kühe angeschlossen wurden, mussten ein maximales Ergebnis erreichen ohne dabei, den Eutern der Kühe Schaden zuzufügen.

Der erste Kontrolllauf brachte nicht den gewünschten Erfolg.

Es folgten Tage angestrengter Arbeit.

Auch der zweite Kontrolllauf war nicht zufriedenstellend.

Und wieder stürzte sich die Brigade in die Arbeit.

Endlich beim dritten Kontrolllauf lief die Melkanlage wie am Schnürchen.

Oskar war zufrieden und seine Vorgesetzten waren es auch.

Nach der erfolgreichen Vorführung vor den Leuten der Kolchose gab es für das erreichte Ergebnis eine fette Prämie.

Jetzt musste Oskar auch noch die zukünftigen Melkerinnen, in die Bedienung der Gerätschaften der Melkanlage einweisen.

Am nächsten Tag fuhr er mit dem Motorrad zur Melkanlage und traf dort gegen 15.00 Uhr ein, wo er bereits von den Frauen erwartet wurde. Er zeigte den Melkerinnen, wie die Melkeinrichtungen an den Euterzitzen der Kühe am besten angeschlossen werden konnten.

Nach drei Stunden Einweisung hatten alle Frauen die theoretischen Fragen verstanden und auch begriffen.

Jetzt ging es an die praktische Tätigkeit. Unter Oskars Anleitung und Aufsicht mussten die Frauen jeden Handgriff üben, bis er in Fleisch und Blut übergegangen war.

Ganz nebenbei wies er auch auf die Krankheiten hin, die bei unsachgemäßer Ausführung der Tätigkeiten auftreten konnten.

In den späten Abendstunden, die Dämmerung war bereits hereingebrochen, war es geschafft und Oskar ließ jede Melkerin für die erfolgreiche Teilnahme an der Einweisung unterschreiben.

Man konnte ja nie wissen?!

Als Oskar Tage später noch einmal nachfragte, wie die Melkerinnen denn arbeiteten, wollte sie ihn gleich dort behalten oder er sollte wenigstens ab Januar als Ingenieur in der Kolchose arbeiten.

Und dann geschah ein großes Malheur, die Sekretärin des Kolchosnik verunglückte so schlimm, dass nur noch eine lebensrettende Operation helfen konnte. Die Frau wurde ausgerechnet in das Krankenhaus eingeliefert, in dem Oskars Bruder arbeitete.

Die Ärzte schätzten den Zustand der Frau als hoffnungslos ein und keiner von den Chirurgen erklärte sich bereit, die lebensrettende Operation an der Verunglückten durchzuführen. Es herrsche die Meinung: „Bei diesem hoffnungslosen

Fall ist das Risiko eine Operation zu hoch. Die Frau hat sowie so keine Überlebenschancen!“

Letztendlich übernahm Oskars Bruder die Verantwortung und führte als Chirurg die komplizierte Operation durch.

Und die Operation glückte.

Bereits 15 Tage später wurde über diesen erfolgreichen operativen Eingriff in der örtlichen Presse berichtet.

Richtig stolz war Oskar auf seinen Bruder, als man ihn darauf hin ansprach.

Oskar nahm das Angebot als Ingenieur in der Kolchose zu arbeiten an. Es gab jedoch ein Problem. Er besaß dort keine Wohnung und seine Familie wollte er schon bei sich haben.

Für den Anfang kam er in einem gemieteten Zimmer unter, bis das Problem der Wohnungsfrage geklärt war. Der Kolchosnik hatte versprochen sich persönlich, um diese Angelegenheit zu kümmern. So wurden ihm ein Baugrundstück und auch die benötigten Baumaterialien zur Verfügung gestellt.

Oskar bekam jede erdenkliche Hilfe.

Die lebensgefährliche Operation, die sein Bruder durchführte und deren Publizierung, über deren erfolgreichen Verlauf in der Tagespresse gereichten diesem zum Vorteil. Er erhielt von einer renommierten Klinik das Angebot auf eine Chefarztstelle.

Natürlich nahm er das Angebot an, welches einen erneuten Umzug mit sich brachte.

Oskar wollte natürlich mit seinem Bruder mitgehen. Dies warf für ihn Fragen auf. Besonders die Kündigung wurde diesmal zum Problem. Nach der großzügigen Unterstützung beim Bau des Hauses war es kein Wunder, das sie ihn nicht gehen lassen wollten.

Es kam zu hitzigen Diskussionen, in denen sich Oskar nach einigem hin und her schließlich dann doch noch durchsetzte.

Und wieder musste am neuen Arbeitsort das Wohnungsproblem gelöst werden. So fand erst einmal nur der Bruder eine Wohnung und Oskar musste auf Wohnungssuche gehen. Tagelang lief er durch die Straßen des Ortes, klopfte vergeblich an die Türen der Häuser.

Entweder gab es nicht genügend Wohnraum oder keiner wollte ihm eine Wohnung zur Verfügung stellen. Er wusste es beim besten Willen nicht.

Oskar wollte schon resignieren und die Suche aufgeben, als er an ein Häuschen kam, das einst einer alten Frau gehörte.

Leer und verlassen stand es da.

Sofort zog Oskar in der Nachbarschaft Erkundigungen über das leer stehende Häuschen ein. So erfuhr er, dass die alte Frau, die hier einst wohnte, sich im Haus aufgehängt hätte. Seit dem würde es nicht ganz geheuer im Haus zu gehen und deswegen grauste es einen Jeden, in das Geisterhaus einzuziehen.

Oskar nahm das Häuschen trotz aller Rederei. Und wie es sich später herausstellte, war nirgendswo ein Geist zu finden, noch spukte die Alte zur Mitternachtsstunde durch die Räume des Hauses.

Nun machte sich Oskar auf die Suche nach einer neuen Beschäftigung, die bereits nach wenigen Tagen von Erfolg gekrönt wurde.

Oskar sprach auf der ortsansässigen Kolchose vorbei, denn er hatte erfahren, dass hier Arbeitskräfte gesucht wurden. Nach der Vorlage seines Arbeitsbuches stellte ihn die Verwaltung sofort als Mechaniker in einer der fünf Brigaden ein.

An seinem ersten Arbeitstag, es war zur Mittagszeit wurde Oskar von den Verantwortlichen der Kolchose herumgeführt, um ihm alles zu zeigen und ihn in seine Aufgaben einzuweisen.

In der Werkstatt erfolgte die Vorstellung der neuen Kollegen. Diese machten gerade Mittagspause und der Chef der Werksstatt hatte Wodka ausgegeben. Die Flasche ging reih um und Oskar musste gleich mittrinken.

„Komm mal mit, wollen uns die Technik anschauen. Mal sehen, was du für ein Vogel bist?“ forderte leutselig der Brigadier Oskar auf ihm zu folgen.

„Sieh hier, das ist unser Technikpark!“

„Da muss aber noch einiges geändert werden“, bemerkte Oskar, der sofort feststellte, dass die Technik nicht richtig abgestellt war. Keiner der Mähdrescher war aufgebockt und dies war unbedingt notwendig, da die Mähdrescher im Jahr nur zwei Monate arbeiteten.

Der Brigadier schaute Oskar verdutzt an und ein Erstauntes „Wieso?“ kam über dessen Lippen.

„Ich möchte nicht gleich am ersten Tage alles besser wissen, aber die sind nicht richtig abgestellt“ wies kritisierend Oskar auf die Mähdrescher.

„Wieso sind die nicht richtig abgestellt?“

„Die müssen aufgebockt werden, sonst bekommt ihr im nächsten Jahr mit der Bereifung Probleme!“

„Da kannst du uns ja gleich mal zeigen, wie das zu machen ist!“

So wurde Oskar nicht als Mechaniker eingesetzt, sondern er arbeitete ab sofort als Schlosser in der zentralen Werkstatt. Hier schaffte er die nächsten Monate.

Es ging auf den nächsten Winter zu, als er einen dringenden Anruf von seinem Bruder erhielt: „Oskar hör mal, bei uns im Krankenhaus ist es kalt. Die Heizung geht nicht. Komm und bring sie in Ordnung!“

„Das geht nicht, ich kann hier so einfach nicht fort!"

„Ich besorge die Genehmigung, kommst du dann?"

„Natürlich!"

Und Oskars Halbbruder besorgte die Genehmigung. So fuhr eine Woche später Oskar in das Krankenhaus.

Das Problem war bereits nach einigen Tagen behoben, denn die Heizungen waren nicht richtig entlüftet.

Der Chef des Krankenhauses bedankte sich bei Oskar und sprach: „Ich lade dich heute Abend zum Essen bei mir zu Hause ein".

Oskar bedankte sich und versprach zu kommen.

In den späten Abendstunden, der kalte Wind pfiff bereits unangenehm durch die Straßen betrat er das Haus des Krankenhauschefs.

Oskar dachte ein anheimelndes Wohnzimmer zu betreten, aber nichts von alledem. Es war kalt.

Eingerichtet wie eine Wohnstube hatte dieses auch einen gusseisernen Ofen, nur hörte man weder das Knistern des Holzes noch strahlte er wohlige Wärme aus.

Fröstelnd zog Oskar seine Jacke um die Schultern und stellte die Frage: „Wie so ist es so kalt hier. Habt ihr kein Brennholz für den Ofen?"

„Holz haben wir schon, aber der Ofen ist schon alt und heizt nicht mehr. Ein Relikt aus früheren Tagen."

„Muss eben eine Heizung eingebaut werden."

„Wer soll das denn machen?" Bei dieser Äußerung schaute der Klinikchef Oskar verschmitzt an und setzte schmunzelt fort, "und wie sieht es mit dir aus?"

„Wenn ich Zeit dafür habe, kein Problem."

„Versuch es trotzdem, wird auch nicht dein Schaden sein!"

Und Oskar bekam es irgendwie auf die Reihe, dass er die Zeit dafür hatte.

Eine neue Heizung wurde besorgt, die bereits in zwei Wochen eingebaut war. Nicht nur die Wohnstube, sondern in allen Zimmern herrschte jetzt ein wohlige Wärme. Der kalte Winter mit seinen eisigen Schneestürmen konnte nun kommen.

Einmal auf Oskar aufmerksam geworden setzte der Chef der Klinik alle Hebel in Bewegung, um ihn als Schlosser für das Krankenhaus zu bekommen.

Der Chef der Klinik ließ seine Beziehungen spielen und hatte Erfolg.

Oskar wurde Schlosser im Krankenhaus.

Der Frühling löste den Winter ab und der Sommer hielt seinen Einzug.

Es war an einem Sonntag, die Sonne brannte bereits warm vom wolkenlosen Himmel herab, als die Belegschaft des Krankenhauses an das Meer fahren wollte. An diesem herrlichen Sommertag sollte einmal so richtig vom anstrengenden Alltag abgeschaltet werden.

Der Lastkraftwagen mit der Pritsche wurde vorbereitet. Es galt die Plane zu entfernen und Bänke auf der Ladefläche zu befestigen.

Am Tag des Ausfluges, um 08.00 Uhr stand die gesamte Belegschaft zur Abfahrt bereit. Nur von dem Fahrer war weit und breit nichts zu sehen. Dieser hatte sich am Abend vorher krank gemeldet und keinen davon informiert. Später stellte es sich jedoch heraus, das er nicht wegen einer Krankheit fehlte, sondern er hatte genau gewusst, dass die Kupplung des Autos einen Defekt hatte. Der Wagen ließ sich nicht mehr richtig schalten. Und da er bisher nichts unternommen hatte diesen Schaden zu beseitigen wollte er sich den ganzen Ärger, der an diesem Tage, auf ihm zukommen würde, aus dem Wege gehen.

Nur Oskar wusste davon nichts, der jetzt dazu verurteilt wurde, das Auto zu fahren.

„Aufsitzen!“

Schnell hatte der fröhlich durcheinander schnatternde bunte Haufen auf der Ladefläche des Fahrzeuges platz genommen.

Noch ohne Problem startet Oskar das Auto und los ging es über die holprigen Landstraßen den Fluten des Schwarzen Meeres entgegen.

Der staubige Weg führte über Serpentinen einen Berg hinauf. Rechts der Straße fiel steil der Abhang in die Tiefe, links am Hang wuchsen Bäume und dichtes Gestrüpp.

Beim Schalten bemerkte Oskar, dass irgendetwas mit dem Fahrzeug nicht in Ordnung war. Er wusste nur nicht genau, was es war. Aber seine Erfahrung sagte ihm, das es nur die Kupplung oder das Schaltgetriebe sein konnte. Da das Auto sich aber noch schalten ließ, wenn auch schwer, schenkte er dem Problem weiter keine Beachtung.

Auf dem nächsten Parkplatz wurde erst einmal eine Rast eingelegt. Alle stiegen vom Fahrzeug, vertraten sich die Beine und unterhielten sich.

Es herrschte eine großartige Stimmung.

Dann sollte es weiter gehen und Oskar rief: „Alles aufsitzen!“

Das Auto sprang sofort an. Oskar wollte den 1. Gang einlegen und losfahren.

Nur bekam er den Gang nicht rein. Und jedes Mal wenn er es versuchte, war nur das knirschende Ratschen der Getrieberäder die Antwort.

„Verflucht! Alle absitzen, ihr müsst schieben!“

„Warum?“

„Wieso?“

So schwirrten nur die Fragen durch die Luft, auf die Oskar im Moment auch keine Antwort wusste.

„Kann nur bei ausgeschaltetem Motor den Gang einlegen. Dann müsst ihr schieben, dass das Auto anspringt!“

Allgemeines Murren und Schimpfen.

„Wenn ihr nicht wollt, dann ist euer Ausflug hier zu Ende!“

Wohl oder übel schoben die abgesessen Massen das Auto an, das nach kurzem Stottern und Muckern des Motors ansprang.

„Alles aufsitzen!“, rief Oskar nach hinten. Bei langsam dahinrollendem Fahrzeug kletterte die fröhliche Meute auf die Ladefläche. Sie hatten sich durch den kurzen Zwischenfall die gute Laune nicht vermiesen lassen.

Und weiter rollte das Fahrzeug auf der staubigen Landstraße Richtung der kühlen Fluten des Schwarzen Meeres.

Kurz bevor es bergab ging, noch auf der geraden Höhenstrecke gelang es Oskar bei krachendem Getriebe den 3. Gang einzulegen. Er kam dabei mächtig ins Schwitzen.

Die auf der Ladefläche sitzenden hatten das Problem mit dem Auto schnell wieder vergessen, fröhlich erklangen hinter Oskar russische Volkslieder.

So erreichte die Fuhre, in den späten Vormittagsstunden doch noch den feinsandigen Strand des Schwarzen Meeres.

Das Schwarze Meer war ganz und gar nicht schwarz, sondern zu meist glasklar und von sehr guter Wasserqualität.

Alle stürzten sich in die kühlen Fluten, der in langen Wogen an das Ufer rollenden Wellen. Selbst nach mehr als hundert Meter vom Strand entfernt konnte man noch stehen. Und wenn wirklich einmal einer Wasser schluckte, war das aufgrund des geringen Salzgehaltes nicht weiter schlimm.

Nur Oskar war es nicht vergönnt, sich dem erfrischenden Nass hinzugeben. Er musste sich um das Auto kümmern, denn irgendwie wollte man ja wieder nach Hause kommen. Er machte sich an die Arbeit und hatte bereits nach kurzer Zeit die Ursache gefunden. Ein Schaden am Schaltgetriebe war es, die Führung des Schaltgestänges wies einen Defekt auf.

Aber wie konnte er den Schaden beseitigen? Denn er hatte wenig Hoffnung, dass er an diesem Sonntag eine Werkstatt finden würde, die geöffnet hatte.

Er musste es auf jeden Fall versuchen, denn ganz nebenbei stand sonst für diesen Tag die Heimfahrt in den Sternen geschrieben.

Oskar machte sich auf den Weg in die nächste Ortschaft, wo er die notwenige Hilfe finden könnte.

Im Staub der Landstraße, über der die heiße Sommersonne die Luft vor Hitze flimmern ließ, war er bereits zwei Kilometer auf Schusters Rappen unterwegs gewesen, als er an einem PKW vorbei kam.

Ein *Wolga* war es, der da am Wegesrand stand. Der Fahrer hing mit dem Oberkörper im geöffneten Motorraum.

Oskar blieb stehen und sicherlich, es war der Fahrer, der mit schweißnassem Gesicht aufblickte.

„Was hast du für ein Problem?“, wollte Oskar wissen.

„Die Bremsen ziehen nicht mehr. Kann aber den Fehler nicht finden“, antwortete dieser und wischte sich mit ölverschmierten Handrücken, die Schweißperlen von der Stirn. Ein schwarzer Streifen blieb auf der feuchten Haut zurück.

„Verdammter Mist“!

„Lass mal sehen!“

Oskar schaute im Motorraum nach, fand aber auch nichts. „Kann auch keinen Fehler finden. Die Ursache muss wo anders liegen“, wandte er sich an den Fahrer.

Endlich im Kofferraum des Autos fand er Bremsflüssigkeit und hielt nach kurzer Zeit einen geplatzten Bremsschlauch in der Hand.

„Kein Wunder, dass die Bremsen nicht mehr gehen.“

„Was können wir da machen. Ich muss unbedingt weiter!“

„Ich bekomme das schon irgendwie hin.“

Oskar legte die Bremse für das Rad mit dem geplatzten Bremsschlauch tot und entlüftete das Bremssystem.

Das Auto zog jetzt zwar beim Bedienen des Bremspedals leicht nach rechts, aber die Bremsen gingen wenigstens wieder.

Sich tausendmal bedankend überreichte der unbekannte Fahrer Oskar 50 Rubel für dessen Hilfsbereitschaft.

Für nicht einmal eine Stunde Arbeit ein beachtlicher Stundenlohn.

Oskar hatte zwar ein Auto wieder flott bekommen, aber der Lösung des eigenen Problems war er keinen Schritt näher gekommen.

Und weiter ging sein Fußmarsch durch den Staub der Landstraße auf der Suche nach einer Möglichkeit zur Instandsetzung des LKW's und wenn es nur eine notdürftige wäre. Irgendwie würde er dann das Auto mit seiner fröhlichen Meute wieder heil nach Hause bringen.

Nirgendwo fand er eine Werkstatt!

Vorbeikommende Leute sprach er an und er fragte in der Gaststätte des Ortes nach. Mit einer Auskunft über eine Werksstatt, die Reparaturen an Autos durchführen konnten sie ihm auch hier nicht weiter helfen.

Langsam verlor Oskar den Mut.

Aber in der nächsten Gaststätte hatte er mehr Glück. Nicht mit der Auskunft über eine Werkstatt konnten sie dienen, sondern mit Materialien, die für eine behelfsmäßige Reparatur der Kupplung reichten. Es war ein verrostetes Scharnier, eine runde Metallplatte und ein stumpfer Meißel.

Der Wirt meinte noch: „Kannst alles nutzen, nur helfen kann ich nicht dabei!“

„Ich mach das schon. Erst mal vielen Dank!“

„Ist schon gut!“

Im Schweiße seines Angesichts, mit viel Geschick aber auch mit viel Mühe fertigte Oskar aus den Gegenständen eine provisorische Führung für das Kupplungsgestänge an und baute diese ein. Bei der kniffligen Arbeit waren seine Hände nicht ohne Hautabschürfungen und Kratzer geblieben.

Er war sich nicht sicher, ob das Provisorium halten würde, mit dem er in den späten Mittagsstunden fertig war. Aber die Hoffnung stirbt ja bekanntlich zu Letzt.

Das Auto ließ sich wieder schalten, zwar nur mit Ach und krach. Aber es ließ sich wieder schalten.

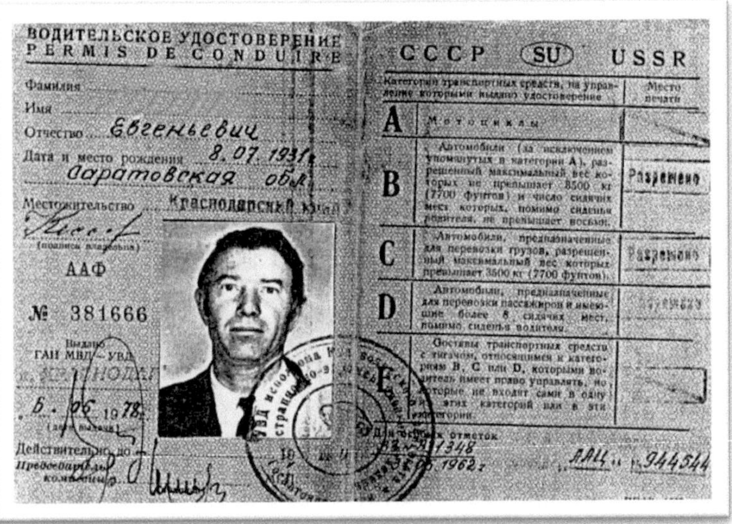

ВОДИТЕЛЬСКОЕ УДОСТОВЕРЕНИЕ
PERMIS DE CONDUIRE

Фамилия
Имя
Отчество Евгеньевич
Дата и место рождения 8. 07. 1931
Саратовская обл.
Местожительство Краснодарский край
(подпись владельца)

ААФ
№ 381666

Выдано ГАИ МВД—УВД
6. 06. 1978
(дата выдачи)
Действительно до
Председатель комиссии

СССР (SU) USSR

| | Категории транспортных средств, на управление которыми выдано удостоверение | Место печати |
|---|---|---|
| A | Мотоциклы | |
| B | Автомобили (за исключением упомянутых в категории A), разрешенный максимальный вес которых не превышает 3500 кг (7700 фунтов) и число сидячих мест которых, помимо сиденья водителя, не превышает восьми. | Разрешено |
| C | Автомобили, предназначенные для перевозки грузов, разрешенный максимальный вес которых превышает 3500 кг (7700 фунтов). | Разрешено |
| D | Автомобили, предназначенные для перевозки пассажиров и имеющие более 8 сидячих мест, помимо сиденья водителя. | |
| E | Составы транспортных средств с тягачом, относящимся к категориям B, C или D, которыми водитель имеет право управлять, но которые не входят сами в одну из этих категорий или в эти категории. | |

Для особых отметок
1348
1962 г.
ААЦ № 944544

Bild 20: Eine sowjetische Fahrerlaubnis

Oskar nutzte die restliche Stunde bis zur Heimfahrt für ein Bad in dem herrlichen warmen Wasser des Schwarzen Meeres, nahm ein Sonnenbad und aalte sich im weißen Sand des Strandes.

Da Oskar noch keinen über die Instandsetzung des Autos informiert hatte, kann man sich vorstellen, dass am Abend die Aufregung der Fahrgäste recht groß war.

„Was ist nun?“

„Ist das Auto wieder ganz?“

„Wie kommen wir jetzt wieder zurück?“

Mit den unterschiedlichsten Fragen wurde Oskar bombardiert.

„Das Auto ist notdürftig repariert. Wir kommen auf jeden Fall bis nach Hause.“

Allgemeines aufatmen als Oskar dies verkündete.

Und sie kamen nach Hause. Die Fahrt dauerte zwar bis in die Nachtstunden hinein. Aber wen interessierte das noch, denn alle waren froh wieder glücklich daheim angekommen zu sein.

Und Oskar hatte auch ohne einer gültigen Fahrerlaubnis die verfahrene Situation mit Bravour gemeistert.

Nach dieser Aktion dauerte es nicht mehr allzu lange und Oskar, der 1978 die Fahrerlaubnis erwarb, wurde als Kraftfahrer eingesetzt und fuhr dann eine Zeit lang für die schnelle medizinische Hilfe des Krankenhauses.

Als dann in der nahen Konservenfabrik ein Fahrer, für den Betriebsbus gesucht wurde, bewarb er sich. Er wurde angenommen und musste jetzt täglich die Arbeiter aus den Heimatorten zur Arbeit abholen und nach Feierabend wieder nach Hause fahren.

In seiner 15jährigen Tätigkeit als Busfahrer bekam er die unterschiedlichsten Busse unter seinen Hintern, so auch einen, der keine Kühlung besaß.

Dies war besonders in den Sommermonaten recht prekär. Die Sonnenstrahlen brannten unbarmherzig auf das Busdach hernieder und entwickelten im Bus eine Hitze, wie in einer Sauna. Den Fahrgästen floss der Schweiß nur so in Strömen von der Stirn. Wenn die Passagiere dann an den Haltestellen fluchend und schimpfend ausstiegen, waren die Sachen regelrecht durchgeschwitzt.

Und im Sommer gab es viele Tage, an denen die unbarmherzigen Sonnenstrahlen glühende Hitze vom wolkenlosen Himmel herab sandten.

Oskar konnte sich das Fluchen und Schimpfen nicht mehr mit länger anhören. „Was wollt ihr denn, habt ihr vielleicht gedacht mir macht es Spaß den Bus bei dieser Hitze zu fahren?“

„Da musst du dir was einfallen lassen“ war die Antwort.

Und Oskar ließ sich etwas einfallen. Er machte sich an die Arbeit und baute mit vielen Tricks, die Heizung so um, dass er diese in den Sommermonaten als Kühlung nutzen konnte.

Ab sofort herrschte Ruhe unter den Fahrgästen.

Mit 55 Jahren starb Oskars Schwester an Herzversagen.

Oskar wechselte seine Tätigkeit. Er gab die Beschäftigung als Busfahrer auf, um wieder als Schlosser in einer Kolchose zu arbeiten. In dieser Kolchose wurden vorwiegend Tomaten, Gurken und Radieschen angebaut.

Die dringend benötigte Wasserversorgung für die Gemüsefelder erfolgte über eine kilometerlange Rohrleitung, die eines Tages durch einen Traktor zerstört wurde. Der Fahrer des Traktors, war für einen Moment unaufmerksam, kam von der Straße ab und kollidierte mit der Rohrleitung.

Bevor das Ventil geschlossen werden konnte floss aus dem zerstörten Rohrabschnitt im dicken Strahl Wasser nutzlos heraus, plätscherte lustig über den gelblich braunen Weg, um dann im Staub des, von der Sonne, ausgetrockneten Bodens zu versickern.

Wer erhielt den Auftrag, die Rohrleitung wieder instand zu setzen?

Natürlich Oskar!

Zuerst musste er den zerstörten Teil der Rohrleitung mit dem Schweißbrenner herausgetrennt, um ein neues Zwischenstück einsetzen zu können.

Das Heraustrennen ging immer noch. Aber das neue Zwischenstück einzufügen war nicht so einfach. Oskar musste stellenweise über Kopf schweißen und dies war schon recht schwierig beim Ziehen einer akkuraten Schweißnaht, die auch noch dicht sein sollte.

Nach dem Oskar mit der Arbeit am Rohrleitungssystem fertig war wurde das Ventil für das so dringend benötigte Wasser für die Tomaten Gurken und Radieschen geöffnet.

Der Moment der Wahrheit für Oskars Arbeit.

Das Wasser schoss durch die Rohre, floss am eingebauten Zwischenstück vorbei und erreichte die Gemüsefelder.

Oskar hatte eine saubere Arbeit abgeliefert. Aus der reparierten Stelle tröpfelte nicht der kleinste Tropfen.

Für diese Arbeit, die einen Tag dauerte, erhielt er eine Prämie von 210 Rubel. Bei der Prämie ging es nicht um die Arbeitszeit, sondern darum, dass Oskar die Ernte gerettet hatte und die Kolchose vor hohen finanziellen Schaden bewahrte.

Als Oskar eines Tages auf seinem Motorrad Radieschen und Gras für die Kaninchen mitnahm, wurde er von einem Polen dabei beobachtet.

Und der Pole war neidisch auf den Wolgadeutschen. So hielt der Pole Oskar an und verlangte von ihm die Radieschen und das Gras wieder abzuladen.

Es kam zwischen beiden zum Streit. Ein Wort gab das andere und in seiner ersten Wut warf Oskar den Polen das Grünzeug ins Gesicht und schrie: „Hier hast du es! Kannst es mitnehmen oder verfaulen lassen!“

„Brauche dein Scheiß Heu nicht!“

Fast wäre es noch zu einer Schlägerei gekommen.

Mit der Zeit hatte Oskar von der Arbeit als Schlosser die Schnauze so richtig voll, er wollte wieder einen Bus fahren und trug dies seinen Chef vor.

„Ich brauche einen guten Schlosser und das bist du. Busfahrer habe ich zu genüge“ bekam Oskar als Antwort.

Wollen doch mal sehen was der Chef macht, wenn ich nicht mehr auf die Arbeit komme? Und Oskar machte es wahr.

Es verging ein Tag.

Keine Reaktion vom Chef!

Es verging ein zweiter Tag.

Immer noch keine Reaktion!

Am dritten Tag lenkte der Chef ein und Oskar erhielt den kleinen Bus, mit dem er auch für einen Russen fahren musste, der von Beruf Fleischer war.

Eines Tages erhielt er die Aufgabe für diesen Mann aus den naheliegenden Eichen- und Buchenwäldern Holz holen.

Die Holzaktion lief an einem heißen Sommertag an.

Die Fahrzeuge die, die staubige Landstraße nutzten wirbelten mit den Rädern den Staub auf, der wie eine dunstige Fahne hinterher zog.

Der in der Luft hängende aufgewirbelte Dreck setzte sich in die Lamellen des Autokühlers und es dauerte nicht lange, da war dieser verstopfte. Was eine verringerte Kühlung des Motors bedeutete.

Selbst im Wald war es noch heiß.

Auf der Rückfahrt machte sich dann die Verstopfung des Kühlers bemerkbar. Die Nadel der Temperaturanzeige für das Kühlwasser stieg in den roten Bereich. Das Fahrzeug begann zu rucken, der Motor stotterte und ging mit einem Schlag aus. Der Motor war so heiß geworden, dass ein Kolbenfresser die Folge war.

Und das 15 km von der nächsten Werkstatt entfernt.

Der Meister der Werkstatt ein kleiner Großtuer, der immer alles besser wissen wollte, diskutierte selbst mit dem Hauptingenieur. Für ihn war Oskar ein kleiner Nichtsnutz, der einen Motor festgefahren hatte und genau so behandelte er ihn.

Oskar musste seine ganze Überredungskunst anwenden, um ihn davon zu überzeugen, dass ihn keinerlei Schuld traf, dass der Kolben sich festgefressen habe. Dann erst ordnete der Meister doch noch die Instandsetzung des Fahrzeuges an.

In den Sommermonaten trafen Studentinnen aus Kaliningrad zum Praktikum ein. Im Dorf untergebracht, mussten diese auch hier ihre Mahlzeiten einnehmen.

Oskar hatte nun die angenehme Aufgabe, die 32 Mädchen, ein Haufen schnatternder Hühner, täglich mit dem Bus an die Arbeit und wieder zurück ins Dorf fahren.

Neben seiner normalen Arbeitszeit war Oskar ständig auf Erkundungstour nach etwas Brauchbaren, dabei entdeckte er eines Tages im Lager der Werkstadt ein Autoradio, dies war zwar für einen *Wolga* vorgesehen, aber er dachte: Das würde sich auch gut in meinem Bus machen und eine zusätzliche Ablenkung hätte ich auch, besonders bei den langen Fahrten vertreibt es die Müdigkeit.

Als Oskar dem Meister der Werkstatt seine Bitte vortrug, war dieser überhaupt nicht erfreut darüber und sagte: „Das Radio bekommst du nicht!“

„Das werden wir noch sehen“, entgegnete Oskar und begab sich zum Hauptingenieur, seinen Fürsprecher zum Einsatz als Fahrer.

„Kein Problem“, antwortete dieser und besorgte ein Genehmigungsschreiben für das Radio.

Oskar ging mit dem Schreiben zum Werkstattmeister und hielt ihm lächelnd das Blatt Papier unter die Nase und sagte: „Und wer hat nun recht?“

Der Werkstattleiter ging wutentbrannt ins Lager und kehrte mit dem Radio in der Hand zurück: „Hier hast du das gute Stück. Von mit hättest du es nicht bekommen!“

„Das kann ich mir vorstellen!“

Der Einbau war dann weiter kein Problem.

Der durch die Räder aufgewirbelte Staub der Feldwege machte nach wie vor dem Kühler des Busses zu schaffen. Ständig musste er gesäubert werden.

Auf einer der Fahrten über die verstaubte Landstraße begann es, im Bus mit einmal mächtig nach Abgasen zu riechen.

Die Fahrgäste bekamen Kopfschmerzen.

Als Oskar nach der Ursache suchte, musste er feststellen, dass der Auspuff am Krümmer gebrochen war. Kein Wunder, das alle vom Fahrer bis zum letzten Fahrgast jedes Mal benommen aus dem Bus mit Schädelbrummen ausstiegen.

Oskar verstellte einfach den Anstellwinkel des Propellers für die Lüftung, und zwar so, dass der Staub rausgeblasen und die Abgase abgesaugt wurden.

Wie bedauerte es Oskar, dass der Betrieb den Besitzer wechselte. Es war ein angenehmes Arbeitsklima gewesen. Aber die neuen Herren hatten eben andere Vorstellungen und die behagten Oskar überhaupt nicht.

Er kündigte.

Arbeitslos war Oskar nicht lange, bereits nach einem halben Monat erhielt er eine Anstellung in einer Bäckerei als Schlosser.

Oskars Sohn diente zu dieser Zeit in der sowjetischen Armee und war als Techniker in Kiew bei der Luftraumverteidigung eingesetzt.

Während seiner Dienstzeit herrschte bei den Einheiten der Luftüberwachung und Luftraumverteidigung eines Tages große Aufregung. Es gab eine sowjetische Luftraumverletzung durch eine kleine weiße Cessna 172P, die von der Luftraumaufklärung der Streitkräfte nicht bemerkt wurde.

Was für eine Blamage für die Truppen der sowjetischen Luftraumverteidigung.

Mathias Rust, ein 18jähriger Privatpilot war unerkannt in den sowjetischen Luftraum eingedrungen, er erreichte Moskau und umkreiste mehrmals den roten Platz, ehe er landete.

Nach diesem katastrophalen Ereignis wurden der Chef der Luftabwehr Koldunow und der Verteidigungsminister Sokolow sofort ihren Funktionen enthoben.

Die Armeezeit war für Oskars Sprössling kein Zuckerschlecken, noch dazu als Sohn eines Wolgadeutschen war er den Schikanen eines Armeniers ausgesetzt.

Während der Dienstzeit bei den sowjetischen Streitkräften begann Junior mit dem Karatetraining.

Geschlafen wurde auf schmalen Metallbetten, von denen bis zu 20 Stück in einem fast kahlen Raum standen. Die Wände mit kommunistischen Propagandabildern und Parolen übersäht.

Und dann stand dort noch ein leeres Bett, das immer mit in Ordnung gebracht werden musste. Es war das Bett eines ehemaligen Angehörigen des Truppenteils, der im Zweiten Weltkrieg als Held der Sowjetunion gefallen war.

Nach dem Wecken und dem obligatorischen Frühsport ging es an den akkuraten Bettenbau, scharf die Kanten und im Bettzeug nicht die kleinste Falte. Alles glatt gezogen.

Fand der Gruppenführer auch nur die geringste Beanstandung, hagelte es Strafen, von zusätzlichen Liegestützen bis zum Säubern der Toilette mit einer Zahnbürste.

Der bereits erwähnte Armenier, im Dienstgrad Soldat dachte er könnte das Gleiche mit Oskars Sohn praktizieren und wollte ihm seinen anstehenden Reinigungsdienst für die Toilette aufbürden.

„Geh in die Toilette und mach diese sauber!“

Was hatte ihn schon ein Armenier zu sagen und dann auch noch ein Soldat und er antwortete: „Du kannst mich mal!“

Das wollte der Armenier nicht auf sich sitzen lassen, ergriff ihm am Kragen und rief aufgebracht: „Was, du willst nicht? Das werden wir ja sehn!“ Dabei schüttelte er Oskars Sohn kräftig durch.

Der befreite sich aus dem Griff des Armeniers und stieß ihn zurück. Da aber unmittelbar hinter dem Armenier die Treppe begann, stürzte dieser die Stufen rücklings hinunter.

Ausgerechnet in diesem Augenblick kam ein Hauptmann um die Ecke und sah den Armenier am Fuße der Treppe am Boden liegen. Als er Oskars Sohn oberhalb der Treppe stehen sah, rief er: „Was ist hier los? Was hast du gemacht?“

„Der hat mich die Treppe runtergeschmissen!“, antwortete schnell der Armenier.

„Er hat einen grünen Anzug, ich habe einen grünen Anzug wieso muss ich da für ihn die …“

Der Hauptmann ließ Oskars Sohn gar nicht erst aussprechen und brüllte ihn an: „Komm mit!“

Ohne überhaupt auf ein Gegenargument einzugehen, erhielt Oskars Sohn drei Tage Arrest.

In der dienstfreien Zeit und an den Feiertagen hatte sich Oskars Sohn mit dem Malen von Bildern beschäftigt. So malte er auch Bilder für zwei Leibwächter eines Generalleutnants, der im Krieg den Arm verloren hatte.

Die gemalten Bilder waren richtig gut.

Der Generalleutnant sah diese Bilder bei den Leibwächtern und er kam mit diesen ins Gespräch über die Malerei. So berichteten sie unter anderen auch über den Soldaten, der diese Bilder gemalt hatte.

„Der Mann malt gut, den muss ich kennenlernen!“

Gerade in der Zeit, wo der Künstler im Arrest saß, erschien der Generalleutnant in der Kaserne und wollte wissen: „Wo ist der Mann?“

„Im Arrest!“

Der konnte das gar nicht so recht glauben, dass sein *Künstler* im Arrest saß. Er befahl die Führung des Truppenteils zu sich und wollte wissen, was der Grund des Arrestes sei.

„Er hat einen Armenier geschlagen und die Treppe runtergeworfen!“ war die Antwort.

„Dafür muss es doch einen Grund geben!“

Schweigen.

„Holt mir den Arrestanten her, ich will von ihm wissen, was da los gewesen ist!“

Innerhalb von zehn Minuten stand Oskars Sohn vor dem General und meldete sich zur Stelle in strammer Haltung: „Genosse Generalmajor auf ihren Befehl zur Stelle!“

„Ist schon gut“, winkte dieser leutselig ab. „Sag mal mein Junge warum sitzt du im Arrest?“

Und der Junge erzählte alles, auch über das Verhalten seiner Vorgesetzten.

„Ach so hat sich das zugetragen. Kannst wegtreten!“

Kaum hatte er das Zimmer verlassen wandte sich der Generalleutnant an die Offiziere und sagte: „Könnt ihr mir mal sagen Genossen, was das zu bedeuten hat?

Betretenes Schweigen.

„Das hat doch nichts mit sozialistischer Menschenführung zu tun. Das war Unterstützung von Schikanen. Ich verlange das der, der die Sache nicht richtig untersucht hat oder gar versuchte, egal auch aus welchem Grund zu vertuschen, bestraft wird!“

Nachdem der Generalleutnant die Führung so richtig fertiggemacht hatte, nahm er Oskars Sohn mit nach Hause. Hier legte er ihm ein Buch vor, in dem sich ein Bild von einer amerikanischen ballistischen Rakete befand.

„Kannst du mir das Bild groß auf ein Blatt Papier malen.“

„Kein Problem.“

„Was brauchst du?“

„Tusche, Pinsel, Papier!“

Nach einer Woche war das Bild fertig, ganz zur Zufriedenheit des Generalleutnants.

Auf den Befehl des Generalleutnants hin wurde Oskars Sohn in den Stab versetzt, wo er bis zum Ende seiner Dienstzeit blieb. Das war schon etwas anderes wie der tägliche Dienst in der Truppe. Er fand hier sogar die Gelegenheit für einen Theaterbesuch.

Am Ende der Dienstzeit erhielt Oskars Sohn eine nicht ganz alltägliche Auszeichnung. Es war ein Brief, den seine Eltern erhielten über die vorbildlichen Leistungen ihres Sohnes während der Dienstzeit. Der Generalleutnant bedankte sich in diesem Brief bei Oskar für die gute Erziehung des Sohnes und der vorbildlichen Erfüllung der militärischen Aufgaben durch ihn.

Mit der Machtergreifung Gorbatschows und Jelzins änderte sich einiges in der Sowjetunion. Es war die Zeit des Glasnostes und der Perestroika.

Перестойка и новое мышление для нашей сраны и для всего мира!

(Michail Gorbatschow)

Nach dem Zusammenbruch der Sowjetunion verfügte ein Gesetz unter Präsident Boris Jelzin, dass die Russlanddeutschen wieder ihren eigenen Rayon bekommen sollten.

Vieles veränderte sich.

Die Kolchosen wurden aufgelöst und die Bäckerei, in der Oskar arbeitete, musste schließen.

Sechs Monate bekam Oskar kein Geld und er konnte sich mit seiner Familie gerade so recht und schlecht über Wasser halten.

Korruption, Kriminalität und Alkoholismus nahmen aufgrund der für viele Menschen aussichtslosen Situationen drastisch zu. Der Widerspruch zwischen der Sehnsucht nach einem besseren Leben und der Chance nach Verwirklichung wuchs. Resignation, Hoffnungslosigkeit und Armut ließen viele, vor allem Männer, zur Flasche greifen.

Ende der 1980er Jahre mit dem Zerfall der Sowjetunion bot sich für die ehemaligen Deutschen, nach über 200 Jahren die Gelegenheit wieder in die alte Heimat zurück zukehren, um ein neues besseres Leben zu beginnen.

1990 starb Oskars Mutter an Herzversagen.

Im Ort wurde durch drei *Neureiche,* also Geldmänner eine Ölmühle eröffnet. Die Gelegenheit nutzend reichte Oskar seine Bewerbung ein. Mehr als eine Ablehnung konnte er ja nicht erhalten. Aber er konnte sagen, dass er es wenigstens versucht hatte.

Und der Versuch lohnte sich. Oskar erhielt die Anstellung eines Mechanikers.

Der angeschaffte Maschinenpark für die Ölmühle war nicht gerade der neuste und wies bereits einige Unzulänglichkeiten auf. Oskar machte sich an die Arbeit um die bestehenden Mängel zu beseitigen. Als Erstes löste er das Problem mit der ständigen Verstopfung der Schneckenwelle, die jedes Mal zur Folge hatte das, das Fließband stehen blieb.

Die Arbeitszeit betrug fünf Tage in der Woche und er erhielt dafür am Ende des Monats ein Gehalt von 1.500 Rubel.

Oskars Verwandtschaft beschloss das günstige politische Klima zu nutzen, um in die alte Heimat nach Deutschland überzusiedeln. Nur Oskar hatte noch nicht die richtige Meinung dazu und ließ sich auch nicht durch die stundenlangen Diskussionen, in welchen die Vor- und Nachteile der Umsiedlung erörtert wurden, überzeugen.

Die allgemeine Meinung die vorherrschte hieß: „Deutschland ist ein schönes Land!“

Aber Oskar wollte trotzdem nicht, denn er hatte ein Haus, ein Auto, eine Garage. Er hatte einfach alles. Ein bis zwei Schweine, 100 bis 200 Hühner und einen Garten.

Was wollte er da noch mehr?

Sein Onkel, der Halbbruder und auch die guten Freunde gaben es schließlich auf und sagten nur: „Mach doch, was du willst!"

Die Verwandtschaft nahm die Vorbereitung für die Übersiedlung nach Deutschland in Angriff und die Reise in eine neue hoffentlich bessere Zukunft konnte angetreten werden.

Oskar blieb mit seiner Familie zurück. Im Moment war das auch ganz gut so, denn die Besitzer der Mühle hätten in sowieso nicht gehen lassen.

In der Anfangszeit liefen die Geschäfte der Mühle noch recht gut und warfen für die Besitzer den erhofften Gewinn ab. Dann änderte sich die Situation, es gab die ersten Verluste. Die Gründe hierfür waren schleierhaft. Ob es an der wirtschaftlichen Lage oder an einer starken Konkurrenz lag, keiner konnte diese Frage beantworten.

Schließlich musste die Ölmühle schließen und Oskar wurde wieder arbeitslos.

Obwohl Oskar sich eigentlich entschlossen hatte zu bleiben, begann er die ersten Überlegungen anzustellen, auch nach Deutschland überzusiedeln. Da die wirtschaftliche Lage sich nicht verbesserte und die Verwandtschaft in Deutschland ihm ständig mit den Worten in den Ohren Lagen: „Komm nach Deutschland!" erfasste ihn letztendlich auch die Ausreisewelle.

Oskar besorgte sich über das Rote Kreuz die notwendigen Papiere.

Und im September begab sich die Familie Wagner auf den Weg nach Deutschland. Dieser führte über Moskau. Nach der Übernachtung in einem Moskauer Hotel ging es mit dem Flugzeug weiter.

Auf dem Moskauer Flughafen stand bereits eine Lufthansamaschine mit dem Zielflughafen Düsseldorf. Dieses Flugzeug sollte Oskar und seine Familie nach Deutschland in den goldenen Westen bringen.

Bild 21: Abflughalle Moskauer Flughafen (2005).

Mit dem Abheben der Maschine von der Startbahn verließen sie ein Land, in dem sie lange Jahre verfolgt und unterdrückt wurden, das ihnen nichts geschenkt hatte, aber doch einmal ihre Heimat gewesen war. Was jetzt auf sie zu kommen würde, war ungewiss, nur die Zukunft konnte es zeigen.

Gutes hatte Oskar gehört. Schließlich lebten seit 1995 schon Verwandte mit den Kindern in Deutschland.

Hoch über den Wolken ging es mit gemischten Gefühlen Richtung Deutschland. Die Maschine begann an einem regnerischen Septemberabend mit dem Landeanflug auf dem Flughafen Düsseldorf. Mit kurzem Rumpeln setzte das Flugzeug auf und rollte langsam zur Ankunftsgangway.

Sie waren in der alten, neuen Heimat angekommen.

In der vom Stimmengewirr erfüllten Flughafenhalle warteten am Ankunftsausgang sehnsüchtig die Verwandten auf die Ankömmlinge.

Als die Wagners durch die sich öffnende Schiebetür schritten, hörten sie ein Lautes „Hallo!“

„Hier sind wir!“

Am Anfang war alles noch etwas ungewohnt. Die Menschen waren hier anders und es fiel schwer in Deutschland die ersten sozialen Kontakte zu knüpfen. In einem russischen Dorf, wo jeder jeden kannte, hatte es dieses Problem nie gegeben. Dort musste man vorher auch keine Termine ausmachen, wenn man beim Nachbarn zu einem Tee vorbeikommen wollte.

Bild 22: Landesaufnahmestelle Thüringen für die rückkehrenden Russlanddeutschen.

Herzlich war die Begrüßung. Sie fielen sich in die Arme, klopften sich auf die Schultern als hätte man sich eine Ewigkeit nicht gesehen.

Der nächste Weg führte in einem Bus nach Hamm, in das Aufnahmelager. In dem Übergangsheim waren 2.000 bis 3.000 Menschen untergebracht. Bei der Esseneinahme herrschte jedes Mal großes Gedrängel. Ein bis zwei Stunden vergingen regelmäßig, bis jeder seine Mahlzeit erhielt.

Hier absolvierte die Familie auch den obligatorischen Deutschkurs. Ein Jurist überprüfte dann die Kenntnis der deutschen Sprache, bevor es weiter nach Eisenberg ging. Dort wurden die notwendigen Papiere ausgestellt, mit denen Oskar seinen Aufenthaltsort in Thüringen, im grünen Herz Deutschlands zugewiesen bekam.

Thüringen, das von einer herrlichen Natur geprägte Land in der Mitte Deutschlands. Ein Land mit imposanten Bergen und Schlössern, die Heimat von Bach, Schiller und Goethe.

Die Unterbringung war recht ordentlich.

Bild 23: Die herrliche Landschaft des Thüringer Waldes.

Oskars Frau, die in Russland zwei Herzinfarkte überstand, hörte man immer wieder sagen: „Unser Leben war ‚arch' schwer".

Nie hatte sich Oskar von dem klischeehaften Bild vieler Wolga- und Russlanddeutscher blenden lassen: „Auch wenn das Leben in Deutschland bequem ist, die gebratenen Hühner fliegen einem auch hier nicht in den Mund".

Für viele Russland-Deutsche brachte die Übersiedelung nach Deutschland aber oftmals Ernüchterung und Kummer, Arbeitslosigkeit und Perspektivlosigkeit. Und so leben leider viel zu viele Russland-Deutsche mit Namen wie Gerber, Braun, Weißenborn, Fischer oder Beller im eigenen Land in einer fremden Welt, obwohl sie desselben Volkes abstammen wie die anderen Deutschen.

**Erste Seite des Manifestes der Zarin Katharina II.**
**(22. Juli 1763)**

---

# Von Gottes Gnaden
# Wir Catharina die Zweyte,

**Kayserin und Selbstherrscherin aller Reußen, zu Moscau, Kiow, Wladimir, Nowgorod, Zaarin zu Casan, Zaarin zu Astrachan, Zaarin zu Sibirien, Frau zu Plescau und Groß-Fürstin zu Smolensko, Fürstin zu Esthland und Liefland, Carelen, Twer, Jugorien, Permien, Wiatka, Bolgarien und mehr andern; Frau und Großfürstin zu Nowgorod des Niedrigen Landes, zu Tschernigow, Resan, Rostow, Jaroslaw, Beloserien, Udorien, Obdorien, Condinien, und der ganzen Nord-Seite Gebieterin und Frau des Iverischen Landes, der Cartalinischen und Grusinischen Zaaren und des Cabardinischen Landes, der Tscherkaßischen und Gorischen Fürsten und mehr andern Erb-Frau und Beherrscherin.**

Da Uns der weite Umfang der Länder Unsers Reiches zur Gnüge bekannt; so nehmen Wir unter andern wahr, daß keine geringe Zahl solcher Gegenden noch unbebauet liege, die mit vortheilhafter Bequemlichkeit zur Bevölkerung und Bewohnung des menschlichen Geschlechtes nutzbarlichst könnte angewendet werden, von welchen die meisten Ländereyen in ihrem Schooße einen unerschöpflichen Reichthum an allerley kostbaren Erzen und Metallen verborgen halten; und weil selbige mit Holzungen, Flüssen, Seen und zur Handlung gelegenen Meeren genugsam versehen, so sind sie auch ungemein bequem zur Beförderung und Vermehrung vielerley Manufacturen, Fabricken und zu verschiedenen andern Anlagen. Dieses gab Uns Anlaß zur Ertheilung des Manifestes, so zum Nutzen aller Unserer getreuen Unterthanen den 4ten December des abgewichenen 1762sten Jahres publiciret wurde. Jedoch, da Wir in selbigem denen Ausländern, die Verlangen tragen würden sich in Unserm Reiche häuslich niederzulassen, Unser Belieben nur summarisch angekündigt; so befehlen Wir zur bessern Erörterung desselben folgende Verordnung, welche Wir hiemit aufs feierlichste zum Grunde legen, und in Erfüllung zu setzen gebieten, jedermänniglich kund zu machen.

1.

Verstatten Wir allen Ausländern in Unser Reich zu kommen, um sich in allen Gouvernements, wo es einem jeden gefällig, häuslich niederzulassen.

2.

Dergleichen Fremde können sich nach ihrer Ankunft nicht nur in Unserer Residenz bey der zu solchem Ende für die Ausländer besonders errichteten Tutel-Canzeley, sondern auch in den anderweitigen Gränz-Städten Unsers Reichs nach eines jeden Bequemlichkeit bey denen Gouverneurs, oder, wo dergleichen nicht vorhanden, bey den vornehmsten Stadts-Befehlshabern melden.

3.

Da unter denen sich in Rußland niederzulassen Verlangen tragenden Ausländern sich auch solche finden würden, die nicht Vermögen genug zu Bestreitung der erforderlichen Reisekosten besitzen: so können sich dergleichen bey Unsern Ministern und Residenten an auswärtigen Höfen melden, welche sie nicht nur auf Unsere Kosten ohne Anstand nach Rußland schicken, sondern auch mit Reisegeld versehen sollen.

4.

So bald dergleichen Ausländer in Unserer Residenz angelanget und sich bey der Tutel-Canzeley oder auch in einer Gränz-Stadt gemeldet haben werden; so sollen dieselben gehalten seyn, ihren wahren Entschluß zu eröffnen, worinn nemlich ihr eigentliches Verlangen bestehe, und ob sie sich unter die Kaufmannschaft oder unter Zünfte einschreiben lassen und Bürger werden wollen, und zwar nahmentlich, in welcher Stadt; oder ob sie Verlangen tragen, auf freyem und nutzbarem Grunde und Boden in ganzen Colonien und Landflecken zum Ackerbau oder zu allerley nützlichen Gewerben sich niederzulassen,

Quelle: www.arwela.info

# Dekret
## des Rates der Volkskommissare über die Bildung des Gebietes der Wolgadeutschen
## (19. Oktober 1918)

Mit dem Ziel, den Kampf für die soziale Befreiung der deutschen Arbeiter und der deutschen Dorfarmut des Wolgagebietes zu verstärken und dabei die Grundsätze zu entwickeln, die dem am 29. Mai d. J. bestätigten Statut des Kommissariates für deutsche Angelegenheiten zugrunde liegen, sowie den Beschluss des Rates der Volkskommissare vom 26. Juli d. J. weiterzuführen und zugleich in Übereinstimmung mit den einmütig geführten Wünschen des I. Sowjetkongresses der deutschen Kolonien des Wolgagebiets beschließt der Rat der Volkskommissare:

1. Die Ortschaften, die von deutschen Kolonisten des Wolgagebiets besiedelt werden um sich gemäß Statut des Kommissariats des Wolgagebiets in Kreisdeputiertensowjets herausgelöst haben, bilden in Anwendung von Artikel 11 des Grundgesetzes der Russischen Sozialistischen Föderativen Sowjetrepublik eine Gebietsvereinigung mit dem Charakter einer Arbeiterkommune, in deren Bestand die entsprechenden Teile der Territorien der Kreise Kamyschin und Atkarsk des Gouvernements Saratow und die Kreise Nowousensk und Nikolajewsk des Gouvernements Samara eingegliedert werden.
2. Alle Fragen, die sich aus der Bildung der neuen territorialen Vereinigung mit deutscher Bevölkerung ergeben, sind ordnungsgemäß zu lösen, wobei das Kommissariat für deutsche Angelegenheiten des Wolgagebietes sowie die Gouvernementsdeputiertensowjets vom Samara und Saratow verpflichtet werden, unverzüglich eine Liquidationskommission zu wählen, um diese Vereinigung in kürzester Zeit auszugestalten.
3. In genauer Übereinstimmung mit Artikel 11 des Grundgesetzes wählt der Kongress der Deputiertensowjets des ausgegliederten Territoriums mit deutscher Bevölkerung ein Exekutivkomitee, das Zentrum der sozialistischen Sowjetarbeit unter der werktätigen deutschen Bevölkerung ist, die richtige Durchführung der Dekrete und Verfügungen der Sowjetmacht überwacht und diesbezüglich die erforderlichen Anordnungen an die Orte erteilt.
4. Alle Macht an den Orten innerhalb der Grenzen, die durch Artikel 61 des Grundgesetzes in dem gemäß Punkt 1 vereinigten Territorium bezeichnet sind, liegt beim Exekutivkomitee, das der Kongress der Deputiertensowjets der deutschen Kolonien des Wolgagebietes wählt, und bei den örtlichen Sowjets der deutschen Arbeiter und deutschen Bauern.
5. Alle Maßnahmen der Sowjetmacht, die auf die Verwirklichung der Diktatur des Proletariats und der Dorfarmut sowie auf die Umgestaltung des gesamten politischen und wirtschaftlichen Lebens auf sozialistische Grundlage gerichtet sind, werden in den oben genannten, von deutschen Kolonisten bewohnten Gebieten durch das Exekutivkomitee zur Klärung unterbreitet.
6. Meinungsverschiedenheiten zwischen dem Exekutivkomitee der Deputiertensowjets der deutschen Kolonien des Wolgagebiets und den Gouvernementsdeputiertensowjets sind dem Rat der Volkskommissare und dem Zentralkomitee zur Klärung zu unterbreiten.
7. Das kulturelle Leben der deutschen Kolonisten: der Gebrauch ihrer Muttersprache in den Schulen, in der örtlichen Verwaltung, im Gericht und im öffentlichen Leben unterliegt gemäß der Sowjetverfassung keinerlei Einschränkungen.

Der Rat der Volkskommissare bringt seine Gewissheit zum Ausdruck, dass bei Verwirklichung dieser Grundsätze der Kampf für die soziale Befreiung der deutschen Arbeiter und der deutschen Dorfarmut im Wolgagebiet keinen nationalen Hader hervorrufen, sondern, im Gegenteil, die Annäherung der deutschen und der russischen werktätigen Massen fördern wird, deren Zusammenschluss das Unterpfand für ihren Sieg und für Erfolg in der internationalen proletarischen Revolution ist.

Der Vorsitzende des Rates der Volkskommissare
*W. Uljanow (Lenin)*

Der Sekretär des Rates der Volkskommissare
*L. Fotijewa*

Moskau, Kreml, 19. Oktober 1918

Quelle: Dekrety Sovetskoj vlasti, Bd. III, Moskau 1964, S. 438 - 439.

## Gebiet der ASSR
## (Wolgadeutsche bei Saratow)

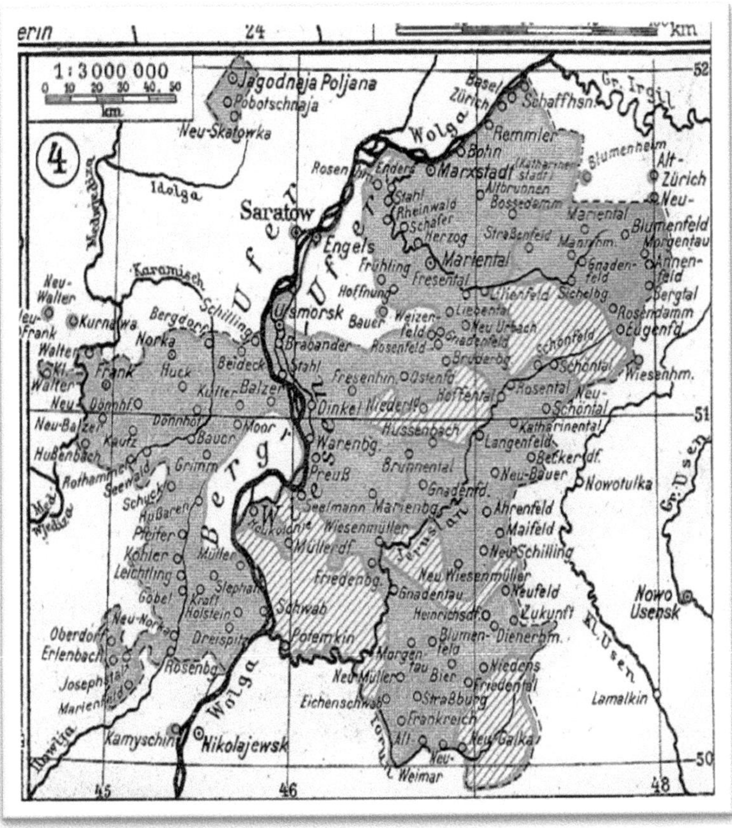


Quelle: www.pictokon.uct

## Auszüge aus dem Wolgadeutschen Monatsheft
(1. September 1922)

# Wolgadeutsche Monatshefte

**Monatsschrift für Kultur und Wirtschaft der Wolgadeutschen**

Herausgegeben vom Verein der Wolgadeutschen E. V., Berlin NW. 52, Schloß Bellevue.

Erscheint am 1. jeden Monats.

Bezugspreis für das Vierteljahr: Deutschland [illegible] Mark bei der Post (ab 1. August 1922); unter Kreuzband [illegible] Vereinigte Staaten [illegible] Cents; Kanada [illegible] Cents; Argentinien [illegible] Pesos

Anzeigen: [illegible]

Nummer 3 | Berlin, 1. September 1922 | 1. Jahrgang

**Bethel bei Bielefeld**
Der Aufenthaltsort der wolgadeutschen Waisenkinder

## Aus dem Inhalt:

Heimatgebote. Von Wilhelm [illegible] / Wiederaufbaufragen / Das Auslanddeutschtum Osteuropas und seine Beziehungen zur deutschen Körperkultur / Die Musik im deutschen Familienleben / Berichte und Briefe / Unterhaltung und Wissen / Das deutsche Schulwesen in Saratow. Bethel bei Bielefeld. / Vereinsnachrichten / Wirtschaftliche Nachrichten aus Rußland.

Bei Anfragen ist Rückporto beizulegen, da nur in diesem Falle eine Antwort erteilt wird. Schluß der Redaktion ist der 15. jeden Monats.

Verantwortlich für die Schriftleitung: Fritz Heinz Reimesch, Berlin.
Verantwortlich für den Anzeigenteil: Peter Antoni, Berlin-Marienfelde.

ſchen insbeſondere dem kommenden Koloniſtentag reichen Erfolg. Doch glauben wir hier, wo es um die Zukunft unſerer Heimat geht, nicht ſtillſchweigen zu dürfen, wenn unſere Landsleute in Rußland Schwierigkeiten zu überſehen ſcheinen, die u. E. das Werk bedrohen. Nicht ohne ein Gefühl banger Sorge haben wir von der Abſicht vernommen, einen Zentral-Wirtſchaftsverband im allruſſiſchen Maßſtabe zu gründen. Iſt es doch eine ganz allgemeine Erſcheinung im heutigen Rußland, daß immer wieder Rieſenunternehmungen geplant werden und alles umfaſſende Organiſationen wie Pilze aus dem Boden ſchießen. Bald ſoll ganz Rußland elektrifiziert werden, bald handelt es ſich um Induſtrie-Truſts, die einen ganzen Induſtriezweig vereinigen ſollen. Doch halten alle dieſe Projekte und Gründungen der heutigen ruſſiſchen Wirklichkeit nicht Stand und verſchwinden ebenſo plötzlich, wie ſie gekommen ſind, um anderen abenteuerlichen Ideen Raum zu geben. Sollen auch unſere Landsleute von dieſer allgemeinen Gründungsbewegung angeſteckt ſein. Sie wollen einen Wirtſchaftsverband für ganz Rußland ins Leben rufen, ohne daß in den einzelnen Koloniſtengebieten die Vorbedingungen dazu gegeben zu ſein ſcheinen. Deutſche Art war es ſtets, einen Bau nur auf feſten, ſoliden Fundamenten aufzuführen. Sind dieſe Fundamente da? Von einer planmäßigen wirtſchaftlichen Organiſation iſt in den einzelnen Gebieten mit ganz wenigen Ausnahmen — wir denken hierbei an die transkaukaſiſchen Winzerverbände — noch nicht die Rede. Es müßte erſt in langwieriger, harter Arbeit bereits Vorhandenes ausgebaut und Neues geſchaffen werden — die Fundamente und die Mauern unſerer Wirtſchaft. Dann iſt es Zeit, an das Dach des Baues zu denken und einen Zentralverband erſtehen zu laſſen.
B.

## Das Schickſal der Flüchtlinge in Weſtrußland.

Die Lage der Flüchtlinge in Minsk und Polozk geſtaltet ſich von Woche zu Woche immer trauriger. In Minsk ſind etwa 2000, in Polozk rund 3000 Flüchtlinge, deren größter Teil einem grauenhaften Untergang entgegenſieht, wenn nicht ſofort und durchgreifend geholfen wird. Ein Vertrauensmann des Vereins der Wolgadeutſchen berichtete uns über die Lage in Minsk und auch die vor wenigen Tagen im Heimkehrlager in Frankfurt a. O. Eingetroffenen ſchildern die Lage überaus düſter. Von den 2000 Flüchtlingen in Minsk, ſollen etwa 500 die Bewilligung erhalten haben, nach Deutſchland bzw. nach Amerika auszuwandern. Ein Teil dieſer iſt vor einigen Tagen in Frankfurt eingetroffen und wir bringen die Namensliſte am Schluſſe unſeres Heftes, der größere Teil iſt unterwegs. 97 Waiſenkinder werden demnächſt aus Minsk durch das Deutſche Rote Kreuz in die Bodelſchwinghſchen Anſtalten nach Bethel überführt. Für dieſe iſt alſo wenigſtens vorläufig geſorgt, wenn auch nicht verkannt werden darf, daß wir die Gaſtfreundſchaft nicht allzulange in Anſpruch nehmen dürfen und auch für dieſe Leute Gelder flüſſig gemacht werden müſſen. 1500 aber haben keine Ausſicht, aus Minsk hinauszukommen. Sie ſitzen hier wie in einer Falle und können nicht vorwärts, aber auch nicht zurück. Wenn auch viele nach Hauſe möchten, ſo können ſie es doch nicht, weil die ruſſiſche Regierung ſie nicht koſtenlos zurückbringen will, ſondern für die Fahrt rund 10 Mill. Rubel pro Kopf verlangt. Es wären ſomit für die Rückbeförderung allein mehrere Millionen Mark erforderlich, die der Verein jedoch nicht hat. Es wäre aber unverantwortlich auch gar nicht ratſam, die Leute heimzubefördern, weil ſie dort noch weniger leben können als in Minsk. Sie würden keine Arbeit, kein Unterkommen und auch nur ſehr ſchwer Nahrung erhalten, denn ihre Häuſer haben ſie zumeiſt in der letzten Verzweiflung auf Abbruch verkauft und teilweiſe ſelbſt ſchon verheizt; geſät haben ſie nicht, können alſo bei der ſo überaus ſchwachen Ernte auch keinen Anſpruch auf Eſſen machen. Die Rückreiſe hätte nur zur Folge, daß die ohnehin ſchwere Lage noch verſchlimmert und eventuell durch ſie eine Kataſtrophe heraufbeſchworen würde.

Bis 1. September haben die Leute in Minsk ein halbwegs menſchliches Daſein friſten können, da ihnen die weißruſſiſche Regierung einige Steinbaracken zur Verfügung geſtellt hatte, in der ſie leidlich ſauber und anſtändig, wenn auch ſehr zuſammengepfercht leben konnten. Verköſtigt wurden ſie durch das Deutſche Rote Kreuz, die A. R. A. und uns. Mit 1. September aber arbeitet die A. R. A. nicht mehr in Minsk, und es iſt auch ſehr fraglich, ob die weißruſſiſche Regierung die Leute noch weiter in den Baracken dulden wird. Jedenfalls iſt bereits der Befehl ergangen, daß dieſe Räume geleert werden und alle 1500 in völlig unzureichende hölzerne Baracken überſiedeln müſſen, in denen weder Fenſter noch Türen ſind. Die Leute ſind alſo ſo gut wie allen Unbilden des Winters ſchutzlos preisgegeben. Das Deutſche Rote Kreuz will dieſe Unglücklichen jedoch auf keinen Fall im Stich laſſen, hat aber uns aufgefordert, die Mittel herbeizuſchaffen, die notwendig ſind, um im Winter die Verköſtigung zu bezahlen und die Baracken für den Winter herzurichten.

Die Inſtandſetzung der Baracken koſtet etwa 1500 Dollar und die Verköſtigung 10000 Dollar. Ob hier in Deutſchland auch nur ein kleiner Teil der notwendigen Summen aufgebracht werden kann, iſt fraglich, da Deutſchland allzuſehr unter der Laſt der ungerechten Reparationslaſten zu tragen hat und die Mark ſichtlich dem Schickſal des Rubels entgegengeht.

In Polozk iſt's noch ſchlimmer, denn hier war es uns noch nicht möglich, eine Hilfsaktion einzuleiten, lediglich weil es uns an Geld mangelt. Die Unterbringung und Ernährung der Menſchen iſt hier geradezu fürchterlich. Auch die tätliche Hilfe des Deutſchen Roten Kreuzes fehlt hier, da auch das Deutſche Rote Kreuz keine Mittel mehr hat, um neue Aktionen einzuleiten. Es iſt uns bisher lediglich gelungen, es durchzuſetzen, daß 400 Waiſenkinder von Polozk nach Deutſchland gebracht werden dürfen. Wer aber wird ſie hier ernähren und bekleiden?

Aus dem offiziellen Bericht, den der Leiter der Evakuationskommiſſion gab, ſei folgendes herausgegriffen:

„Die Zureiſe der Wolgadeutſchen begann im Oktober vorigen Jahres. Teils kamen dieſe Leute auf eigene Koſten, teils wurden ſie von der Regierung unter dem Vorwande, daß man ſie auf Arbeit ſchicke, hingeſtellt. Dieſe wurden in den ſich an der Peripherie der Stadt befindlichen Baracken untergebracht. Die meiſten jedoch zogen es vor, ſich ſelbſt Quartiere in der Stadt zu ſuchen. Der Aufforderung, ſich zu regiſtrieren, kamen alle nach, da es hieß, man wolle ſie nach Deutſchland ſchaffen. Alle Flüchtlinge erhielten Brot. Die zuerſt Angekommenen bekamen es auf 7, die ſpäteren auf 5 und 4 Tage, was aber bei den zuletzt Angereiſten auf 3 Tage reduziert wurde. Jetzt werden, nach denſelben Angaben, nur noch die Kinder bis zu 12 Jahren verpflegt, denen man ¼ Pfund Brot und eine Erbſen-, Bohnen- oder Kartoffelſuppe täglich gibt. Die Baracken ſind geräumig, werden oft desinfiziert und man läßt die Leute auch baden. Den Kranken wird ausreichend Hilfe geleiſtet, da Medikamente in genügender Menge vorhanden ſind. Vor kurzem wurde ein Transport von ungefähr 500 Perſonen nach ihrer alten Heimat abgeſchickt, und der Reſt, beſtehend aus etwa 150 Perſonen, ſoll in den nächſten Tagen nachfolgen. Die Lage der Deutſchen in Polozk iſt eher eine ſehr gute, als eine gute zu nennen, da die Leute durch Gelegenheitsarbeit ſehr gut verdienen."

Unser Vertrauensmann berichtet sodann weiter:

Angaben über die Zahl der bereits stattgehabten Erkrankungs- und Todesfälle konnte oder wollte mir dieser Herr nicht machen. Seiner persönlichen Meinung nach ist für die Flüchtlinge in genügender Weise gesorgt worden und Hilfeleistungen irgend welcher Art seitens ausländischer Hilfsorganisationen sind nicht notwendig. Dies ist der offizielle Bericht, den mir in einer schwungvollen Rede der Leiter der Evakuationskommission in Pokrowsk in der Sitzung vom 17. d. M. machte.

Trotzdem ich bereits wußte, daß dieses glänzende Bild über die Lage der Wolgadeutschen in Pokrowsk, nur eine schlechte Kopie eines Potemkinschen Dorfes war, hielt ich es für überflüssig, auf nähere Erörterungen einzugehen und Beantwortungen all der tausend Fragen, die mir auf den Lippen schwebten, zu suchen, da diese Anstalt liquidiert werden soll und zur Zeit wohl nicht mehr besteht. Ich wandte mich vielmehr an andere Anstalten, die zwar nicht in direkter Beziehung zu den Wolgadeutschen stehen, die sich aber doch mehr oder weniger mit ihnen beschäftigen müssen. Da war zunächst der Narobraz (Abteilung für Volksbildung), wo ich einige Aufklärungen über Unterbringung der deutschen Waisenkinder zu erlangen hoffte. Leider konnte ich aber auch dort nichts Positives erfahren, und ich wandte mich an den „Otdel socialnowo Obespetschenija (Abteilung für öffentliche Fürsorge), wo man mir mit großer Genugtuung nachwies, daß durch diese Anstalt bis zum heutigen Tage 147 Familien mit zusammen 1265 Personen bei den Bauern in der Umgebung der Stadt untergebracht wurden, die natürlich noch alle dort leben und deren Rückkehr in die Stadt nach Beendigung der Erntearbeiten zu erwarten ist. Um für die Waisenkinder aus eigenen Mitteln nicht aufkommen zu müssen, schickte diese Anstalt den größten Teil dieser Unglücklichen, darunter 15 Kinder im Alter von 8 Jahren und etwas darüber, auf das Land zu den Bauern, wo diese Armen, wie die Erfahrung lehrt, tüchtig ausgebeutet werden. Das Otdel-Sdrawoochranenja (Russisches Rotes Kreuz) hat für die Wolgadeutschen in der Form sein Interesse bewiesen, daß irgend ein Sanitätsinspektor irgend einmal das Barackenlager besuchte, dessen Mängel auch beanstandete, die entsprechenden Behörden zur Aufhebung dieser Mängel aufforderte und es dabei beruhen ließ. Das Hilfskomitee für Hungrige (Pomgolod) konnte ich nicht finden, war auch nicht mehr genug naiv, zu glauben, daß von dieser Stelle aus irgend etwas für die deutschen Flüchtlinge getan worden wäre. Ich wandte mich vielmehr an den Bevollmächtigten der „Jüdischen allgemeinen Organisation" (Ewobschestkom) der einzigen Organisation, die den Deutschen in dieser Stadt reelle Hilfe geleistet hat. Der Besuch des Kinderspitals dieses Vereins ergab ein ganz zufriedenstellendes Bild. Zur Zeit liegen dort 8 deutsche Kinder. Das Spital ist nach russischen Begriffen rein zu nennen, die Behandlung der Kranken ist eine gute und die Anstalt hat seit dem Tage ihres Bestehens, dem 27. Februar d. J., 121 Kranke beherbergt, von denen 58, d. i. 48 Proz. Deutsche waren, die durchweg an Hungererkrankungen litten. Von diesen 58 deutschen Kindern sind 13, d. i. 22 Proz. gestorben. Das Spital zählte im Anfang 25 Betten, welche Zahl aber jetzt auf 15 verringert werden mußte, da es sowohl an tatkräftiger Unterstützung als auch an Medikamenten und Nahrungsmitteln für die Kranken mangelt, und man sprach die Befürchtung aus, daß diese Anstalt ganz geschlossen werden muß, wenn nicht bald irgend welche Hilfe gebracht wird. Da diese Anstalt bei der bekannten Abneigung jüdischer Eltern, ihre Kinder in ein Spital zu geben, meistens deutsche Kinder beherbergt, erging an mich die dringende Bitte, dahin zu wirken, daß man ihnen Medikamente, Verbandzeug usw. senden möge. Das allgemeine Krankenhaus nimmt nur solche Kranke auf, die in der Lage sind, eine Tagesgebühr von 2—3 Millionen Rubel zu entrichten. Das bei den Baracken gelegene Lazarett ist nur für epidemisch Erkrankte eingerichtet. In zwei Waisenhäusern, die ich besuchte und die ebenfalls von der jüdischen Hilfsorganisation fundiert sind, wobei ihnen der Staat eine kleine Unterstützung gewährt, fand ich 8 deutsche Waisenkinder, welche das Essen und die Behandlung lobten. Bis zum 12. d. M. waren in einem dieser Waisenhäuser 50 deutsche Kinder untergebracht, die aber ihre Anverwandten mitnahmen, als der letzte Transport nach der alten Heimat abging. Dieses sind die offiziellen Berichte, die mir die russischen Behörden bei meinem Besuch in Pokrowsk machten.

Die privaten Erhebungen, die ich machte, sind folgende:

Ich besuchte gleich am Tage meiner Ankunft incognito das Barackenlager und die Massenquartiere der in der Stadt lebenden Wolgadeutschen und stellte durch persönliche Zählung fest, daß in Pokrowsk selbst noch über 600 Deutsche leben, von denen 40 Proz. Kinder und von diesen Kindern wiederum 245 Waisenkinder sind. Ihre Lage ist furchtbar. Unterstützung irgend welcher Art wurde ihnen noch nicht gegeben, wenn man von den 3 oder 4 Pfund Brot absieht, die sie bei der Registration erhielten. Dank dem Umstande, daß für die sich im Pokrowsker Lager befindlichen russischen und polnischen Flüchtlinge vor ca. 8 Tagen eine Küche eröffnet wurde, werden jetzt auch ungefähr 10 Proz. der deutschen Kinder gespeist. Die Unterkunft ist eine elende und menschenunwürdige. Die Baracken sind sehr schmutzig, voller Unrat, im Innern über und über mit Spinnweben bedeckt, sind noch nie desinfiziert worden und die Möglichkeit eines Bades wird den Bewohnern dieses Unglücksortes überhaupt nicht geboten. Seitens der russischen Behörde ist wohl eine Art Lagerkommandant aufgestellt, dessen Aufgabe es scheinbar nur ist, darüber zu wachen, daß die Baracken nicht zu Brennholz zusammengerissen werden. Bei jeder Baracke, deren es 14 gibt, befindet sich eine Latrine. Alle diese Latrinen sind übervoll und ihr übelriechender Inhalt ergießt sich in breiten Tümpeln über das Lager, so daß dort überall nur ein Geruch herrscht, trotzdem sich das Lager außerhalb der Stadt mitten im schönsten, durch den üppigen Dung mächtig empor geschossenen Grün befindet. Es braucht nicht erst besonders darauf aufmerksam gemacht zu werden, daß diese stehenden Tümpel Brutstätten von Myriaden von Fliegen, Mücken, Schnaken und dergl. sind, die eine große Plage für die armen Lagerbewohner darstellen und zugleich jetzt im Sommer die ärgsten Krankheitsüberträger sind. Die Küche ist eine Bretterbude, deren Inneres, wie Ofen, Kessel, Kochgeschirr von Schmutz starren. Die Nordwestseite des Pokrowsker Lagers ist besonders interessant, da sie ein typisches Beispiel dafür ist, wie man den einfachsten sanitären und hygienischen Vorschriften Hohn sprechen kann.

15 Schritte von der Küche nämlich entfernt steht eine bereits übervolle und nun gesperrte Latrine in einem Meer von ekelhaften Ausdünstungen verbreitendem und noch ekelhaftere Insekten beherbergenden Kloakenwasser, 5 Schritte davon steht eine neu ausgehobene Latrine, 8 Schritt von dieser ist das Auslaufrohr der Wasserleitung, die das Lager mit Trinkwasser speist, und wo auch die schmutzige Wäsche gewaschen wird; links davon in nächster Nähe ist das Totenhaus, in dem die Toten oft tagelang liegen, bevor sie begraben werden. Dicht daran anschließend befinden sich die Epidemiebaracken, das Schreckensgespenst aller Lagerbewohner und gleich auf 25 Schritte neben diesem der Friedhof, auf dem die Toten nur ungenügend tief begraben werden, da das Grundwasser schon bei 1 Meter Tiefe steht. Alles dieses, Küche und Latrinen, Brunnen und Friedhof, Spital und Totenhaus liegen friedlich auf einem Gebiet von nicht ganz 1000 Quadratmetern nebeneinander. Die Unterkunft der Wolgadeutschen in den

Einzelquartieren spottet ebenfalls jeder Beschreibung. In den Ruinen der durch den Krieg eingeäscherten und zusammengeschossenen Häusern haben sie sich irgend ein halbwegs erhaltenes Gemach oder einen Keller eingerichtet, so daß sie vor Wind und Regen geschützt sind. Von einem Besuch dieser Quartiere seitens jenes sagenhaften Sanitätsinspektors konnte ich leider nichts erfahren. Ein großer Uebelstand der Quartiere ist der, daß sie, da sie meistens Kellerwohnungen sind, bei Regenwetter im Wasser schwimmen. Von Latrinen ist dort keine Rede, sondern jeder verrichtet eben seine Notdurft dort, wo sein Fuß auf einem reinen Fleckchen Erde noch ein Plätzchen findet. Die deutschen Flüchtlinge sind fast alle ohne Ausnahme mittellos und leben vom Bettel und vom gelegentlichen Verkauf ihrer nur noch dürftigen Habseligkeiten. Ihr ausschließliches Nahrungsmittel sind Kartoffeln. Brot ist für sie ein seltener Leckerbissen. Ihr Gesundheitszustand ist danach auch ein entsprechender. Auf Schritt und Tritt begegnet man Leuten, an denen sich typische Erscheinungen von Hungererkrankungen nachweisen lassen. Erst zwei Tage vor meiner Ankunft wurden zwei Leute begraben, die buchstäblich verhungert sind, da sie niemanden hatten, der sich ihrer angenommen hätte, da eigenes Elend stumpf gegen fremdes macht. Verdienen können nur die Frauen, welche in dem an und für sich armen Judenstädtchen Aufwascharbeiten besorgen, wofür sie ein geringes Entgelt bekommen. Allerdings ist durch den in den letzten Tagen in Angriff genommenen Bau einer Brücke über die Dwina auch den anderen die Möglichkeit geboten, etwas zu verdienen; jedoch sind die meisten zu schwach zu derartigen schweren Arbeiten. Diejenigen, welche in ihrer alten Heimat noch etwas Aussicht hatten, sind abgereist und es blieben nur noch diejenigen zurück, denen die Zukunft hier in Rußland nichts mehr bieten kann, die ihr Hab und Gut, ihre nächsten Anverwandten und zuletzt auch ihre Gesundheit verloren haben und die jetzt unaufhaltsam einem sicheren Ende zusiechen. Stumpf und dumpf bringen sie ihre Tage dahin, in denen die Zubereitungen zu ihrer kärglichen Mahlzeit und diese selbst die einzigen belebten Momente sind. Dann sitzen die Männer stumm um das flackernde Feuer, und die zu Skeletten abgemagerten oder unförmig angeschwollenen Kinder folgen mit gierigen Augen den Bewegungen der Mutter, die mit zitternder Hand die Kartoffeln schält, vorsichtig trachtend, so wenig wie möglich Schalen zu bilden. Stumm und doch ungeduldig, man merkt es an den hie und da gierig aufflackernden Augen, wird das Garwerden dieser so kostbaren Frucht erwartet. Endlich wird der Topf vom Feuer abgehoben und gleich zeugt ein lautes Schmatzen und ein hastiges Verschlingen der noch überheißen Speise vom Heißhunger dieser Unglücklichen. Aber nur zu bald ist der Topf geleert und mit einer Miene des Bedauerns wird der Löffel ausgeleckt, ein letzter Blick noch in den ausgeleerten Kochtopf, ob nicht doch noch ein Atom von Kartoffeln oder eine angebrannte Kruste zurückgeblieben sind und alles verfällt wieder in schweigendes dumpfes Hinbrüten, kein Spiel, kein Scherz, kein Gesang von hellen Mädchenstimmen und tiefen Männerkehlen, wie sie es einst in ihrer alten reichen Heimat gewöhnt waren. Nur wenn hie und da einer bei dem Nahen seiner Leidensgefährten laut zu denken beginnt und das Wort „Deutschland" oder „Amerika" ausspricht, fahren die Köpfe der übrigen wie elektrisiert empor, lassen sie aber gleich darauf wieder traurig hängen, da einer spricht:

„Ach, sie haben auch uns vergessen, denn wieviel Briefe und Telegramme haben wir hingeschickt und doch kommt keine Hilfe, wir müssen hier elend zu Grunde gehen." Sollen wir diese Brüder ihrem Schicksal überlassen? Wer kann dies auf sein Gewissen nehmen? Wer vermag solche Verantwortung zu tragen?

Aus einem Briefe aus Kursk entnehmen wir noch folgendes über die Lage der dorthin Geflüchteten:

Wende mich an Ihre werte Gesellschaft mit der dringenden Bitte, mir für die Wolga-Flüchtlinge-Wolgakolonisten aus dem Hungergebiet des Gouv. Samara, die hier zum Teil in der Stadt Kursk und zum Teil im Gouvernement Unterkunft gefunden haben, Hilfe zu leisten. Wie ich höre, verteilen Sie Kleidungsstücke für die Notleidenden. Ich ersuche Sie, mir umgehend mitzuteilen, ob ich auf eine solche Kleidersendung hoffen darf. Es wären Kleidungs- und Wäschestücke, vor allem für Kinder jeden Alters erwünscht. Dann für eine Gruppe von erwachsenen Kindern, Konfirmanden, die von mir bald eingesegnet werden und keine Kleidung haben. Es ist hier ein großes Elend unter den hier lebenden evangelischen und auch katholischen deutschen Kolonisten. Es sind ca. 100 Familien im ganzen. Bitte zu helfen und mir mitzuteilen, auf welchem Wege ich am sichersten eine Sendung erhalten kann. Ich bin seit 1906 ev.-lutherischer Pastor in Kursk. In meinem Pastorat wohnen zwei Familien von Wolgakolonisten, 13 Seelen, darunter 7 Kinder. Helft um Christi willen! Bitte um eine Antwort.

Pastor Alfred Baschwitz.
Moskowskaja 19, Kursk, Rußland.

## Wenn zwei Aermchen dich umschlingen!

Wenn zwei Aermchen dich umschlingen,
sinkt von Dir die schwerste Last,
und du fühlst, dir wird 's gelingen,
ob du auch gezweifelt hast!

Will dich Sorge finster machen,
und du weißt nicht aus noch ein:
Solch ein Kinderaugenlachen
ist der beste Sonnenschein!

Und das Schönste von dem Schönen
ist doch solch ein Kinderlied:
Das ist ein gar süßes Tönen,
daß man lauter Sonntag sieht!

Und am Kinderbettchen stehen,
drin ein liebes Kleines liegt,
das heißt, in den Himmel sehen,
aus dem grad' ein Eng'lein fliegt!

Reinhold Braun.

Quelle: Archiv für Wolgadeutsche Monatshefte / Heimkehrer Lager Frankfurt Oder.

**Mitteilung der Botschaft über die Verfolgung deutscher Kolonisten wegen Glaubensfragen (4. Mai 1929)**

A. A. eing. 13 MAI 29 Vm. 3044

Deutsche Botschaft

Moskau, den 4. Mai 1929.

Tgb.E/263.

1 Durchschlag.

1 Anlage.

Inhalt: Anklage deutscher Kolonisten wegen Konterrevolution.

Auswärtiges Amt
IV Ru 3044
Eing. 13. MAI 1929

Vor einiger Zeit brachten Moskauer Zeitungen ein Telegramm aus Rostow a/Don, wonach demnächst eine Gruppe von 18 deutschen Kolonisten aus dem Dongebiet wegen Konterrevolution, Mord usw. zur gerichtlichen Verantwortung gezogen werden. An der Spitze der Angeklagten steht der katholische Geistliche Kelsch. In Nr. 47 vom 26.v.M. gibt die hiesige „Deutsche Zentral-Zeitung" eine ausführliche Darstellung der Angelegenheit, die zugleich als Schulbeispiel für die Art und den Umfang der hier betriebenen antireligiösen Propaganda in der Anlage beigefügt wird. Über den Ausgang der Sache darf ein weiterer Bericht vorbehalten bleiben.

Dirksen

An das

Auswärtige Amt

Berlin.

R 15 Ru

(R 20 25 Ru / 16)

Quelle: Viktor Krieger, Heidelberg: Vortrag zur Podiumsdiskussion beim Bundestreffen in Wiesbaden am 26.05.2007

**Deportationserlass des Präsidiums des Obersten Sowjets**
**Zwangsumsiedlung der Wolgadeutschen**
**(28. August 1941)**

# ERLASS

## DES PRÄSIDIUMS DES OBERSTEN SOWJETS DER UNION DER SSR

## Über die Übersiedlung der Deutschen, die in den Wolgarayons wohnen

Laut genauen Angaben, die die Militärbehörden erhalten haben, befinden sich unter der in den Wolgarayons wohnenden deutschen Bevölkerung Tausende und aber Tausende Diversanten und Spione, die nach dem aus Deutschland gegebenen Signal Explosionen in den von den Wolgadeutschen besiedelten Rayons hervorrufen sollen. Über das Vorhandensein einer solch großen Anzahl von Diversanten und Spionen unter den Wolgadeutschen hat keiner der Deutschen, die in den Wolgarayons wohnen, die Sowjetbehörden in Kenntnis gesetzt, folglich verheimlicht die deutsche Bevölkerung der Wolgarayons die Anwesenheit in ihrer Mitte der Feinde des Sowjetvolkes und der Sowjetmacht.

Falls aber auf Anweisung aus Deutschland die deutschen Diversanten und Spione in der Republik der Wolgadeutschen oder in den angrenzenden Rayons Diversionsakte ausführen werden und Blut vergossen wird, wird die Sowjetregierung laut den Gesetzen der Kriegszeit vor die Notwendigkeit gestellt, Strafmaßnahmen gegenüber der gesamten deutschen Wolgabevölkerung zu ergreifen.

Zwecks Vorbeugung dieser unerwünschten Erscheinungen und um kein ernstes Blutvergießen zuzulassen, hat das Präsidium des Obersten Sowjets der UdSSR es für notwendig gefunden, die gesamte deutsche in den Wolgarayons wohnende Bevölkerung in andere Rayons zu übersiedeln, wobei den Überzusiedelnden Land zuzuteilen und eine staatliche Hilfe für die Einrichtung in den neuen Rayons zu erweisen ist. Zwecks Ansiedlung sind die an Ackerland reichen Rayons des Nowosibirsker und Omsker Gebiets, des Altaigaus, Kasachstans und andere Nachbarortschaften bestimmt.

In Übereinstimmung mit diesem wurde dem Staatlichen Komitee für Landesverteidigung vorgeschlagen, die Übersiedlung der gesamten Wolgadeutschen unverzüglich auszuführen und die Überzusiedelnden Wolgadeutschen mit Land und Nutzländerein in den neuen Rayons sicherzustellen.

Vorsitzender des Präsidiums des Obersten
Sowjets der UdSSR M. KALININ.

Sekretär des Präsidiums des Obersten
Sowjets der UdSSR A. GORKIN.

Moskau, Kreml. 28. August 1941.

Quelle: Zeitung der Wolgadeutschen „Nachrichten“ Nr. 204 vom Samstag, den 30. August 1941.

## Deportation der Wolgadeutschen

### Deportation

- Am **10.07.1941** beginnt die Deportation der Deutschen von der Krim nach Kasachstan, Kirgisien und Tadschikistan ( **ca. 100.000 Personen**)
- Am 30.08.1941 wird der **Erlass** des Präsidiums des Obersten Sowjets der UdSSR vom **28.08.1941** „über die **Übersiedlung der Deutschen, die in den Wolgarayons wohnen**" veröffentlicht.
- Wohnhäuser, das Vieh und Inventar werden von den Behörden beschlagnahmt, die Bevölkerung wird Richtung Osten abtransportiert.

**400.000** Wolgadeutsche

**80.000** Deutsche aus den anderen Gebieten des europäischen Teils Russlands

**25.000** Personen aus dem Kaukasus

**50.000** Personen aus Lenigrad und anderen Siedlungsgebieten

**300.000** Personen aus anderen Gebieten

**Insgesamt über 850.000 Personen**

Quelle: Deutsche Jugend aus Russland e. V.

## Die Trudarmee

### Trudarmee

- **Ab Oktober 1941 werden arbeitsfähige Männer durch Kreiswehrersatzämter zum Dienst in der Trudarmee eingezogen. Schon ab Beginn 1942 erwartet kinderlose Frauen das gleiche Schicksal.**
- **In einer Art Internierungslagern zusammengefasste Russlanddeutsche werden beim Bau von Industrieobjekten, Straßen, Einsenbahnlinien und im Bergbau eingesetzt.**
- **Einige Einsatzorte:**

**Nizhnij Tagil**
**Vorkuta**
**Solikamsk**
**Tscheljabinsk**
**Kemerowo**
**Karaganda**
**Dzheskazgan**

- **Alle Deportierten werden der Kommandaturaufsicht untergestellt. Sie dürfen ihren Aufenthaltsort nicht ohne Sondergenehmigung verlassen und haben sich regelmäßig beim Kommandanten zu melden. Die Meldepflicht wird erst 1956 wieder abgeschaffen**

Quelle: Deutsche Jugend aus Russland e. V.

## Zeitungsausschnitt über den Erlass des Präsidiums des Obersten Sowjets der UdSSR über die Änderung des Erlasses vom 28. August 1941 (29. August 1944)

# ERLASS des Präsidiums des Obersten Sowjets der UdSSR

**Betreffs Änderungen am Erlaß des Präsidiums des Obersten Sowjets der UdSSR vom 28. August 1941 „Über die Umsiedlung der Deutschen, die im Wolgagebiet leben".**

Im Erlaß des Präsidiums des Obersten Sowjets der UdSSR vom 28. August 1941 „Über die Umsiedlung der Deutschen, die im Wolgagebiet leben" wurden große Gruppen von deutschen Sowjetbürgern beschuldigt, den faschistischen deutschen Landräubern aktive Hilfe und Vorschub geleistet zu haben.

Das Leben hat gezeigt, daß diese wahllos erhobenen Anschuldigungen unbegründet und ein Ausdruck der Willkür unter den Bedingungen des Kults der Person Stalins waren. In Wirklichkeit hat die überwältigende Mehrheit der sowjetdeutschen Bevölkerung in den Jahren des Großen Vaterländischen Krieges zusammen mit dem ganzen Sowjetvolk durch ihre Arbeit zum Sieg der Sowjetunion über das faschistische Deutschland beigetragen, und in den Nachkriegsjahren beteiligt sie sich aktiv am kommunistischen Aufbau.

Dank der großen Hilfe der Kommunistischen Partei und des Sowjetstaates hat die deutsche Bevölkerung in den vergangenen Jahren an den neuen Wohnorten festen Fuß gefaßt und genießt alle Rechte von Bürgern der UdSSR. Die Sowjetbürger deutscher Nationalität arbeiten gewissenhaft in den Betrieben, Sowchosen, Kolchosen und Ämtern, beteiligen sich aktiv am gesellschaftlichen und politischen Leben. Viele von ihnen sind Deputierte des Obersten Sowjets und der örtlichen Sowjets der Werktätigendeputierten in der RSFSR, der Ukrainischen, der Kasachischen, der Usbekischen, der Kirgisischen und anderen Unionsrepubliken, befinden sich auf leitenden Posten in der Industrie und Landwirtschaft, im Apparat der Sowjets und der Partei. Tausende deutsche Sowjetbürger sind für Erfolge in der Arbeit mit Orden und Medaillen der UdSSR und Ehrentiteln der Unionsrepubliken ausgezeichnet. In den Rayons einer Reihe von Gebieten, Regionen und Republiken mit deutscher Bevölkerung gibt es Mittel- und Grundschulen, in denen der Unterricht in deutscher Sprache erfolgt bzw. das deutsche Sprachstudium für die Schulkinder organisiert ist, dort finden regelmäßig Rundfunksendungen in deutscher Sprache statt, werden Zeitungen in deutscher Sprache herausgegeben und andere kulturelle Veranstaltungen für die deutsche Bevölkerung durchgeführt.

Das Präsidium des Obersten Sowjets der UdSSR **beschließt:**

1. Der Erlaß des Präsidiums des Obersten Sowjets der UdSSR vom 28. August 1941 „Über die Umsiedlung der Deutschen, die im Wolgagebiet leben" (Protokoll der Sitzung des Präsidiums des Obersten Sowjets der UdSSR, 1941, Nr. 9, Artikel 256) ist in dem Teil aufgehoben, der wahllos erhobene Anschuldigungen gegen die deutsche Bevölkerung enthält, die im Wolgagebiet lebte.

2. In Anbetracht dessen, daß die deutsche Bevölkerung an ihren neuen Wohnort auf dem Territorium einer Reihe von Republiken, Regionen und Gebieten des Landes festen Fuß gefaßt hat, während die Gegenden ihres früheren Wohnorts besiedelt sind, werden die Ministerräte der Unionsrepubliken zwecks weiterer Entwicklung der Rayons mit deutscher Bevölkerung beauftragt, der deutschen Bevölkerung, die auf dem Territorium der jeweiligen Republik lebt, auch künftig Hilfe und Beistand beim wirtschaftlichen und kulturellen Aufbau unter Berücksichtigung ihrer nationalen Besonderheiten und Interessen zu leisten.

**Vorsitzender des Präsidiums des Obersten Sowjets der UdSSR A. MIKOJAN**

**Sekretär des Präsidiums des Obersten Sowjets der UdSSR M. GEORGADSE**

**Moskau, Kreml, 29. August 1964**

Wir bringen den vollen Wortlaut auf Wunsch zahlreicher Leser.

Quelle: www.muenster.org

## Nachkriegszeit der Wolgadeutschen

### Nachkriegszeit

- Deportation dauert über die Dauer der Zweiten Weltkrieges hinaus
- Am 13. Dezember 1955 ergeht das Dekret des Präsidiums des obersten Sowjets „über die Aufhebung der Beschränkungen in der Rechtsstellung der Deutschen und derer Familienangehörigen, die sich in Sondersiedlungen befinden"
- Das 1941 beschlagnahmte Eigentum wird jedoch nicht zurückgegeben
- Auswirkungen der Auflösung der Wolgarepublik und anderer selbstständigen administrativen Einheiten:

-Vernachlässigung und Niedergang der deutschen Sprache

- Die Generation der Russlanddeutschen, die zwischen 1941 und 1956 schulpflichtig ist, kann größtenteils keine Schule besuchen

- Unter Fehlen des Fachunterrichts in der Muttersprache schreitet nach dem Kriegsende die Russifizierung der Schule voran

- kulturelle und religiöse Zentren der Russlanddeutschen sind weitgehend zerstört

Quelle: Deutsche Jugend aus Russland e. V.

**Erlass des Präsidiums des Obersten Sowjets der UdSSR über die Aufhebung der Beschränkungen des rechtlichen Statutes der unter Sonderaufsicht stehenden Deutschen und ihrer Familienangehörigen (13. Dezember 1955)**

Unter Berücksichtigung des Umstandes, dass die bisherigen rechtlichen Beschränkungen der unter Sonderaufsicht stehenden Deutschen und ihrer Familienangehörigen, die in unterschiedlichen Gebieten des Landes ausgesiedelt wurden, im weiteren nicht mehr notwendig sind, beschließt das Präsidium des Obersten Sowjets der UdSSR folgendes:

1. Für die Deutschen und ihren Familienangehörigen, die während des Großen Vaterländischen Krieges ausgesiedelt und unter Sonderaufsicht gestellt wurden, und für die deutschen Bürger der UdSSR, die nach der Repatriierung aus Deutschland unter Sonderaufsicht gestellt wurden, die Meldepflicht aufzuheben und sie von der Sonderaufsicht der Organen des Innenministeriums zu befreien.
2. Die Aufhebung der Beschränkung für die Deutschen hinsichtlich der Sonderaufsicht zieht nicht die Rückgabe ihres bei der Aussiedlung beschlagnahmten Eigentums und nicht das Recht auf Rückkehr an die Orte nach sich, aus denen sie ausgesiedelt wurden.

Moskau, den 13. Dezember 1955

Quelle: Wormsbecher, H.: Die Sowjetdeutschen - Problem und Hoffnungen. Heimatliche Weiten (Sowjetische Prosa, Poesie und Publizistik), Moskau 1988, Nr. 1, S. 267.

## Erlass des Präsidiums des Obersten Sowjets der UdSSR über die Abänderung des Erlasses des Präsidiums des Obersten Sowjets der UdSSR vom 28. August 1941 - Über die Umsiedlung der im Wolgagebiet ansässigen Deutschen - (29. August 1964)

Im Erlass des Präsidiums des Obersten Sowjets der UdSSR vom 28. August 1941 „*Über die Umsiedlung der im Wolgagebiet ansässigen Deutschen*" wurden große Gruppen von deutschen Sowjetbürgern beschuldigt, den faschistischen deutschen Eindringlingen aktive Hilfe und Vorschub geleistet zu haben.

Das Leben hat gezeigt, dass diese wahllos erhobenen Anschuldigungen unbegründet und ein Ausdruck der Willkür unter den Bedingungen des Personenkults um Stalin waren. In Wirklichkeit hat die überwältigende Mehrheit der sowjetischdeutschen Bevölkerung in den Jahren des Großen Vaterländischen Krieges zusammen mit dem ganzen Sowjetvolk durch ihre Arbeit zum Sieg der Sowjetunion über das faschistische Deutschland beigetragen und sich in den Nachkriegsjahren aktiv am kommunistischen Aufbau beteiligt.

Dank der großen Hilfe der Kommunistischen Partei und des Sowjetstaates hat die deutsche Bevölkerung in den vergangenen Jahren an den neuen Wohnorten festen Fuß gefasst und genießt alle Rechte von Bürgern der UdSSR. Die Sowjetbürger deutscher Nationalität arbeiten gewissenhaft in den Betrieben, Sowchosen, Kolchosen und Ämtern, beteiligen sich aktiv am gesellschaftlichen und politischen Leben. Viele von ihnen sind Deputierte der Obersten Sowjets und der örtlichen Sowjets der Werktätigendeputierten in der RSFSR, in der Ukrainischen, Kasachischen, Usbekischen, Kirgisischen und in anderen Sowjetrepubliken, bekleiden leitende Funktionen in Industrie und Landwirtschaft und im Partei- und Staatsapparat. Tausende deutsche Sowjetbürger sind für den Erfolg in der Arbeit mit Orden und Medaillen der UdSSR und mit Ehrentiteln der Unionsrepubliken ausgezeichnet worden. In den Rayons einer Reihe von Gebieten, Regionen und Republiken mit deutscher Bevölkerung gibt es Mittel- und Grundschulen, in denen der Unterricht in deutscher Sprache erfolgt bzw. das Erlernen der deutschen Sprache für die Schulkinder organisiert ist. Dort finden regelmäßig Rundfunksendungen in deutscher Sprache statt, werden Zeitungen in deutscher Sprache herausgegeben und andere kulturelle Veranstaltungen für die deutsche Bevölkerung durchgeführt.

Das Präsidium des Obersten Sowjets der UdSSR beschließt:

1. Der Erlass des Präsidiums des Obersten Sowjets der UdSSR vom 28. August 1941 „*Über die Umsiedlung der im Wolgagebiet ansässigen Deutschen*" (Protokoll der Sitzung des Präsidiums des Obersten Sowjets der UdSSR, 1941, Nr. 9, Artikel 256) ist in dem Teil aufgehoben, der wahllos erhobene Anschuldigungen gegen die deutsche Bevölkerung enthält, die im Wolgagebiet lebte.

2. In Anbetracht dessen, dass die deutsche Bevölkerung an ihrem neuen Wohnort auf dem Territorium einer Reihe von Republiken, Regionen und Gebieten des Landes festen Fuß gefasst hat, während die Gegenden ihres früheren Wohnortes besiedelt sind, haben die Ministerräte der Unionsrepubliken zu weiteren Entwicklungen der Rayons mit deutscher Bevölkerung, die auf dem Territorium der jeweiligen Republiken lebt, auch künftig Hilfe und Beistand beim wirtschaftlichen und kulturellen Aufbau unter Berücksichtigung ihrer nationalen Besonderheiten und Interessen zu leisten.

Der Vorsitzende des Präsidiums
des Obersten Sowjets der UdSSR
*A. Mikojan*

Der Sekretär des Präsidiums
des Obersten Sowjets der UdSSR
*M. Georgadse*

Quelle: Wormsbecher, H.: Die Sowjetdeutschen - Problem und Hoffnungen. Heimatliche Weiten (Sowjetische Prosa, Poesie und Publizistik), Moskau 1988, Nr. 1, S. 267 - 268.

## Gegenwärtige Lage der Wolgadeutschen

⇨ Gegenwärtige Lage

- Mit Perestrojka Mitte der 80er Jahre wurde die deutsche Frage in der UdSSR neu diskutiert. Es konnte jedoch keine für alle Beteiligten befriedigende Lösung gefunden werden.
- So wird bis jetzt die Wiedereinrichtung der Autonomie der Russlanddeutschen in Russland abgelehnt, nicht zuletzt aufgrund der immer noch vorhandenen Ressentiments unter der russischen Bevölkerung.
- Nach dem Zerfall der Sowjetunion ist zur Bildung mehrerer unabhängigen Republiken gekommen. Es muss gesagt werden, dass die in diesen Republiken lebenden Russlanddeutschen größtenteils zu den Verlierern dieser Unabhängigkeitsbestrebungen wurden.
- Unter einem aufflammenden Nationalismus und aufgrund schwerer wirtschaftlichen Bedingungen in den GUS- Staaten entscheiden sich viele für die Ausreise in die Bundesrepublik.
- Insgesamt siedeln zwischen 1950-2001 über 2.080.000 Personen in die Bundesrepublik Deutschland aus.

Quelle: Deutsche Jugend aus Russland e. V.

## Zuzug von Aussiedlern bzw. Spätaussiedlern in die BRD (1950-2001)

Quelle: Bundesinnenministerium / Haus der Heimat des Landes Baden-Würtenberg.

# Abkürzungen / Erläuterungen

| | |
|---|---|
| ASSR | Autonome Sozialistische Sowjetrepublik |
| ASSRW | Autonome Sozialistische Sowjetrepublik der Wolgadeutschen |
| Bd. | Band |
| BRD | Bundesrepublik Deutschland |
| bzw. | beziehungsweise |
| ca. | circa |
| Chimäre | ein Mischwesen der griechischen Mythologie |
| d.J. | dieses Jahres |
| e. V. | eingetragener Verein |
| Glasnost | Offenheit |
| gr. | Gramm |
| Gulag | Hauptverwaltung der Besserungslager (Es war das sowjetische System der Konzentrations- und Arbeitslager) |
| GUS | Gemeinschaft Unabhängiger Staaten, ein Zusammenschluss verschiedener Nachfolgestaaten der Sowjetunion |
| Hektar | Maßeinheit der Fläche (1Hektar = 10.000 $m^2$) |
| kg | Kilogramm |
| km | Kilometer |
| Kolchose | Kollektivwirtschaft |

| | |
|---|---|
| KPdSU | Kommunistische Partei der Sowjetunion |
| KW | Kilowatt |
| Lkw | Lastkraftwagen |
| m | Meter |
| MG | Maschinengewehr |
| MTS | Motor-Traktoren-Station |
| NKWD | Volkskommissariat des Inneren |
| Nr. | Nummer |
| org. | organisieren |
| Perestroika | Umbau |
| PKW | Personenkraftwagen |
| PS | veraltete physikalische Maßeinheit für Leistung |
| Pud | altes Maß für Masse in Russland (1Pud = 16,38 kg) |
| RSFSR | Russische Sozialistische Förderative Sowjetrepublik |
| S. | Seite |
| Sowchose | Sowjetwirtschaft |
| SS | Schutzstaffel |
| St | Sankt |
| u.a. | unter anderem |
| u.ä.m. | und Ähnliches mehr |
| UdSSR | Union der sozialistischen Sowjetrepubliken |
| WWW | World Wide Web (weltweites Netz) |

## Quellennachweis der Bilder

| | |
|---|---|
| Bild 1 | Poezdka – Reisen nach Osteuropa |
| Bild 2 | www.wolga deutsche org |
| Bild 3 | You Tube |
| Bild 4 | You Tube |
| Bild 5 | You Tube |
| Bild 6 | You Tube |
| Bild 7 | Alte Postkarte - The Center for Volga German Studies (At Concordia University) Steven Schreiber Collection |
| Bild 8 | www.kopfbewegung.de |
| Bild 9 | www.kopfbewegung.de |
| Bild 10 | You Tube |
| Bild 11 | www.kopfbewegung.de |
| Bild 12 | Volz, Jacob: „Festschrift der Balzerer Wiedervereinigung“ Lincoln, Nebraska, 28.08.1938 |
| Bild 13 | Escobar News – Actualidad e informacion con opinion (Wolgadeutsche – Freundschaft – asociacion) |
| Bild 14 | You Tube |
| Bild 15 | Privatbesitz Ernst-Ulrich Hahmann |
| Bild 16 | Krüger, Viktor (Heidelberg) Vortrag zur Podiumsdiskussion beim Bundestreffen in Wiesbaden, 26.05.2007 |

| | |
|---|---|
| Bild 17 | www.kopfbewegung.de |
| Bild 18 | Privatbesitz Ernst-Ulrich Hahmann |
| Bild 19 | Privatbesitz Ernst-Ulrich Hahmann |
| Bild 20 | www.kopfbewegung.de |
| Bild 21 | Privatbesitz Ernst-Ulrich Hahmann |
| Bild 22 | home.arcor.de |
| Bild 23 | Privatbesitz Ernst-Ulrich Hahmann |

## Genutzte und weiterführende Literatur/Quellen


| | |
|---|---|
| Eisfeld, Manfred | „Die Russland - Deutschen“<br>*Verlag Langen / Müller*<br>*1991* |
| Keßler, Adolf | „Erzählung eines Wolgadeutschen“ |
| Gorbatschow, Michail | „Umgestaltung und neues Denken für unser Land und für die ganze Welt“<br>*Dietz Verlag*<br>*Berlin 1987* |
| Schippan, Michael / Striegnitz, Sonja | „Wolgadeutsche - Geschichte und Gegenwart“<br>*Geschichte Dietz Verlag*<br>*Berlin 1992* |
| Stricker, Gerd | „Deutsche Geschichte im Osten Europas: Russland“<br>*Siedler Verlag*<br>*2002* |

## ERNST - ULRICH HAHMANN,

Oberstleutnant a.D.

geb. 1943 in Ellrich am Südharz, lebt in Bad Salzungen, Ausbildung als Dreher, danach Laufbahn eines Artillerieoffiziers (1963 - 1988). Während der Wendezeit Einsatz als Kreisgeschäftsführer beim DRK (1988 - 1991). Anschließend in verschiedenen Wachfirmen in unterschiedlichen Funktionen tätig. Jetzt Rentner.

Während der Armeezeit Artikel für militär-technische und militär-wissenschaftliche Zeitschriften geschrieben sowie eine Dokumentation über das Leben und Wirken des Arbeiterführers *Franz Jacob* angefertigt. Nach der Wende Fernstudium *Schule des Großen Schreibens* an der Axel Andersson Akademie in Hamburg (1992 - 1995).

Mitglied des Literaturkreises Bad Salzungen.

Bereits erschienene Bücher:

*„Das alte Salzungen - Sagen einer Stadt im Werratal“ (2000)*
*„Das alte Ellrich - Sagen einer Südharzstadt“* (2000)
*„Die wilde Horde“ (2003)*
*„Die Schnepfenburg - Bad Salzungen“ (2010)*
*„Der Weg in die Hölle - Stalingrad“ (2010)*
*„Die Ritter vom Frankenstein“ (2011)*
*„Reiki - Heilende Hände“ (Co-Autorin Edelweiß Knabe 2012)*
*„Jörg Seedow - Ein Journalist auf Spurensuche - Der Leichenschänder (2012)*
*„Jörg Seedow - Ein Journalist auf Spurensuche - Der Flüchtling (2013)*

*„Welt der Heimatsagen - Sagen und Geschichten aus dem Werratal" (2013)*
*„Welt der Heimatsagen – Sagen und Geschichten aus dem Südharz-Vorland (2014)*
*„Mit neunzehn im Kessel von Stalingrad" (2015)*
*„Es gibt eine wunderbare Kraft ... (Co-Autorin Edelweiß Knabe 2015).*
*„Bad Salzungen und seine Gotteshäuser" (2015)*
*„Die Ritterburgen im Salzunger Land" (2016)*

Ernst-Ulrich Hahmann / Edelweiss Knabe

Es gibt eine wunderbare Kraft ...

Realität, Phantastik oder Wirklichkeit

"Der Schlüssel zum Glück!"

BoD
BOOKS on DEMAD
ISBN 978-3-7386-0010-0
19,95 Euro